Ins Wasser gefallen

Anthologie 2020

Ins Wasser gefallen

Anthologie
Liebesgeschichten

Impressum

© September 2020 Kelebek Verlag - Anthologie

Autoren im Anhang

Cover: Beate Geng

Lektorat: Carolin Olivares

Kelebek Verlag, Inh. Maria Schenk, Franzensbaderstr. 6,
86529 Schrobenhausen

ISBN 978-3-947083-398

Druck und Vertrieb BoD

Bibliografische Information der Deutschen Nationalbibliothek
Die Deutsche Nationalbibliothek verzeichnet diese Publikation in der
Deutschen Nationalbibliografie; detaillierte bibliografische Daten sind
im Internet über http://dnb.d-nb.de abrufbar.

Inhaltsverzeichnis

Sommertraum

von Susanne Ulrike Maria Albrecht

Während Sofia Lessing den Versuch unternahm, die Markise an ihrem Balkon auszufahren, spürte sie die ersten Tropfen des einsetzenden Regens auf ihren nackten Armen.

Der Mechanismus hakte. Wieder einmal! Genervt von den Tücken der Technik und der schwülen Gewitterluft rüttelte Sofia mit beiden Händen an dem Sonnenschutz. Einer der Plastikklappstühle diente ihr dabei als Leiter. Die Gefahr dieser halsbrecherischen Aktion außer Acht lassend, gewann ihre Sturheit mehr und mehr die Oberhand.

Wäre nicht ihr Fingernagel eingerissen, hätte sie sich in einen gepflegten Wutausbruch hineingesteigert. Der anhaltende Schmerz führte dazu, dass sie das Gleichgewicht verlor. Mit letzter Kraft krallte sie ihre noch intakten Nägel in den Volant des Markisenstoffes. Just in dem Moment aktivierte sich wieder die Automatik. Mit weit aufgerissenen Augen und stumm vor Angst wurde sie nach unten geschleudert. Sie landete vornüber gebeugt auf der Balkonbrüstung. Wie hypnotisiert starrte sie den fallenden Blumentöpfen hinterher. Den Aufschlag auf dem Asphalt hörte sie wie durch Watte, während sich das Geräusch der Regentropfen in ihrem Kopf zu einem Trommeln steigerte.

Ein Passant blieb stehen, erschrak offensichtlich und sah nach oben. Sein Blick war besorgt. Sie hatte wirklich Glück gehabt.

Das war offensichtlich. Dass jemand die Situation falsch interpretieren könnte, wäre ihr nicht im Traum eingefallen.

* * *

Tags darauf saß Sofia der Schreck noch immer in den Gliedern, und ihr Bauch fing jetzt erst richtig an zu schmerzen. Trotzdem oder vielleicht gerade deswegen wollte sie ihren Sommerurlaub in vollen Zügen genießen. In Anbetracht der Dinge und selbstverständlich unter Berücksichtigung aller Vorsichtsmaßnahmen würde sie ihren Urlaub auf Balkonien verbringen. *Der Sommertraum* konnte beginnen. Zuerst war allerdings ein ausgiebiger Spaziergang dran. Sie lächelte ihrem Spiegelbild zu, schnappte ihren großen Regenschirm und machte sich auf den Weg. Nach einigen Schritten war sie gefühlte zehn Zentimeter kleiner und humpelte. So viel zum Thema neue, hochhackige Pumps – eine kostspielige Investition für den städtischen Mülleimer.

War sie nur ein Tollpatsch oder klebte ihr das Pech an den Händen, beziehungsweise an den Füßen? Ihren selbstkritischen Gedanken nachhängend lief sie barfuß durch den Park. Es nieselte. Beschwingt balancierte sie den großen Schirm und summte vor sich hin. Der laue Wind umspielte ihre Beine. Das feuchte Gras kitzelte ihre Fußsohlen. Dieses prickelnde Gefühl ließ sie den restlichen Weg in Sprüngen zurücklegen. Sie fühlte sich wie ein Grashüpfer. Erst am Weiher, ihrem Lieblingsplatz, kam sie zum Stehen. Vergnügt beugte sie sich vor, um mit den Fischen zu plaudern.

In der Wasseroberfläche spiegelte sich im Hintergrund ein ihr nicht unbekanntes Gesicht. Dieser Kerl verfolgte sie. Zuerst war er Zeuge ihres Beinahe-Absturzes gewesen, was vielleicht noch dem Zufall zugeschrieben werden konnte. Jetzt tauchte er wieder in ihrer unmittelbaren Nähe auf. Möglicherweise war er ihr mit seinen unlauteren Absichten schon länger auf den Fersen. Schützend zog sie den Schirm dichter an sich heran. Er hätte ihr Vater sein können, dieser Lustmolch. Aufmerksam beobachtete sie jede seiner Bewegungen im Fischweiher. Noch stand er abwartend da. Sollte er sich auf sie zubewegen, würde sie lauthals losschreien. Neugierig bückte sie sich noch weiter nach vorne über das Wasser, um ihren Verfolger besser in Augenschein zu nehmen.

Gar nicht mal so übel, musste sie sich eingestehen, bevor sie sich von der Tiefe des Gewässers überzeugen konnte.

* * *

Klaus Wagner sah seine Annahme bestätigt, dass diese verhaltensauffällige Person davon besessen war, sich eigenhändig ins Jenseits zu befördern. Nachdem der Sprung vom Balkon missglückt war, hatten sie ihre Selbstmordabsichten ins Wasser getrieben. Er hatte sie im Auge behalten, um sie vor einer Dummheit zu bewahren.

Diese geradezu fixe Idee war gründlich in die Hose gegangen, komplett misslungen, buchstäblich ins Wasser gefallen. Dafür konnte er sie jetzt retten. All diese Gedanken schossen ihm durch den Kopf, als er die hustende, wild um sich schlagende Person an Land zog. Zum ersten Mal war er ihr ganz nahe und umso wütender über ihre wiederholten Suizidversuche.

Was trieb eine so junge, hübsche Frau dazu, ihr Leben wegzuwerfen? Das war ihm unbegreiflich. Er würde sie davon abbringen. *Wahrscheinlich eine unglückliche Liebesgeschichte*, vermutete Klaus und ließ sich erschöpft ins Gras fallen.

„Warum haben Sie mir das angetan?" Aufgebracht wandte sich Sofia an den Kerl, der sich mittlerweile, wohl in der Absicht sich korrekt zu verhalten, als „Wagner, Klaus Wagner" vorgestellt hatte.

„Hören Sie auf mit dem James-Bond-Gehabe. Sie taugen nicht zum Null-null-sieben-Agenten."

„Und Sie taugen nicht zur Selbstmörderin."

„Sie Möchtegern-Casanova sind doch schuld daran, dass ich ins Wasser gefallen bin. Und jetzt wollen Sie es als Selbstmord darstellen. Wären Sie nicht hinter mir her, dann hätte ich nicht ..."

„Sie sind etwas durcheinander. Der Schock und so. Sie müssen erst einmal zur Ruhe kommen." Beruhigend legte Klaus Wagner die Hand auf ihre Schulter.

„Hören Sie auf, mich zu begrapschen. Das würde Ihnen so passen. Sie sehen sich wohl schon am Ziel Ihrer Träume."

„Ich werde Sie nicht anfassen." Demonstrativ trat Klaus Wagner einen Schritt zurück. „Aber sagen Sie mir, warum Sie heute schon wieder versucht haben, sich das Leben zu nehmen?"

„Das habe ich nicht. Was fällt Ihnen ein! Eher würde ich Sie umbringen, Sie Unhold."

„Bitte glauben Sie mir, ich wollte Sie nur beschützen."

„Ach, nennt man das jetzt so? *Beschützen!* Ist ja geradezu lachhaft."

10

„Ja, lachen Sie ruhig. Das wird Ihnen guttun. Es wäre sehr schade um ein so hübsches, bezauberndes, wenn auch kratzbürstiges, zänkisches Wesen."

„Na schön. Lassen Sie mich mal überlegen." Nach und nach dämmerte ihr, was hier los war. Allmählich begriff sie die Zusammenhänge dieser Charade. „Sie standen unter meinem Balkon und dachten, dass ich mich in die Tiefe stürzen wollte. Dabei versuchte ich nur mit aller Gewalt, meine Markise herauszuziehen. Und eben am Weiher, als ich Sie beobachtet habe und mich dabei zu weit vorlehnte, da sah es für Sie ..."

„... wieder aus wie ein Selbstmordversuch." Klaus Wagner nickte, er wirkte beruhigt. Dann fügte er hinzu: „Da nun alle Missverständnisse geklärt sind, würde ich Sie gern in ein Lokal Ihrer Wahl einladen. Und keine Angst! Mein Sohn wird mich als eine Art Anstandsdame begleiten."

„Und ich werde zur Unterstützung meine beste Freundin mitbringen", erwiderte sie schnell. „Die steht nämlich auf grau melierte Herren."

Der Abend war der Beginn von vielversprechenden und wunderbaren Freundschaften. Die brünette Kerstin Maurer hatte gleich ein Auge auf Klaus Wagner geworfen, der ihr gegenüber auch nicht abgeneigt war.

Jürgen, sein aparter wie ebenso charmanter Sohn, fand in der blonden, stupsnasigen Sofia Lessing die Liebe auf den ersten Blick. Die erste Berührung ihrer Hände erzeugte einen elektrischen Schlag. Sofia war mehr als beeindruckt und konnte sich zum ersten Mal vorstellen, sich von einem Mann zähmen zu lassen. Eine glückliche Fügung hatte sie zusammen-

11

gebracht! Schon bald gelangte Sophia zu dem Schluss, dass Jürgen und sie innerlich verbunden waren und viele Gemeinsamkeiten aufwiesen.

Ob er auch so ein Tollpatsch war? Hoffentlich nicht! Sonst könnte die Versicherung ihrer zukünftigen Familie immense Kosten verursachen. Aber zuerst würden sie einen herrlichen, unvergesslichen Sommer verbringen.

Dann würde die Hochzeit ihre Liebe krönen und anschließend würden sie traumhafte Flitterwochen auf Mauritius erleben.

Der Boxer und die fette Frau

von Olga Baumfels

Er wollte gar nicht aufwachen, fühlte sich im Halbschlaf bereits hundsmiserabel: verkrampft, eiskalt – und feucht. Oh nein, er hatte sich doch wohl nicht eingenässt? Widerwillig öffnete er seine verklebten Augen, hob den Kopf ein wenig an und sah, dass seine Beine bis zu den Schenkeln von Wasser umspült wurden. Nachdem er sich mühsam aufgesetzt hatte, blickte er verstört um sich. Er lag am Ufer des Redumer-Sees. Zum Glück war er nicht mit dem Kopf zuerst ins Wasser gestürzt. Was genau war überhaupt passiert, was hatte er hier zu suchen?

Während er noch grübelte, tauchte hinter den Büschen eine Frau auf. Schwerfällig, aber zielstrebig bewegte sie sich aufs Ufer zu. Sie blickte nicht nach rechts oder links, wirkte wie in Trance. Als sie das Ufer erreicht hatte, zögerte sie einen Augenblick. Dann lief sie, ebenso entschlossen wie zuvor, in den See hinein, komplett angezogen, mit Schuhen an den Füßen. Der schicke, schwarze Hosenanzug stand ihr gut, auch wenn elegante Kleidung an dicken Menschen niemals hundertprozentig elegant wirkt. Und dick war die junge Frau in der Tat, viel zu dick für ihr Alter, soweit er das aus der Entfernung beurteilen konnte.

Warum stieg sie in voller Montur ins Wasser? Natürlich, weil sie sich umbringen wollte! Was sonst? Er rappelte sich hoch und schwankte eine Weile auf der Stelle. Sollte er hinter ihr herrennen? Vermutlich war er gar nicht in der Lage dazu, er fühlte sich wie ausgekotzt. Und überhaupt, es war doch wohl allein ihre Sache, ob sie leben wollte oder nicht.

Welches Recht hatte er, ihre Entscheidung zu missbilligen und sie gewaltsam an ihrem Vorhaben zu hindern. Seine Bedenken ignorierend setzten sich seine Beine in Bewegung, als hätte jemand den Autopiloten eingeschaltet. Er kämpfte sich bis zu der Lebensmüden vor, der Frau stand das Wasser bereits bis zum Hals. Ihr Kopf war gerade erst verschwunden, als er die Ertrinkende um die Taille packte. Seine Arme waren kaum lang genug, ihren Leib zu umfassen, seine Beine fühlten sich mittlerweile wie Betonklötze an. Er mobilisierte alle Reserven und zerrte die Frau in Richtung Ufer.

Sie wehrte sich, prustete, schrie und zeterte. Am Uferkies angekommen, riss sie sich los und rannte ins Wasser zurück. Er fing sie wieder ein und lieferte sich ein regelrechtes Ring-kämpfchen mit ihr. Schließlich hatte er die Nase voll und schrie: „Wenn du jetzt nicht sofort aufhörst mit dem Mist, hau ich dir eine rein! Und mit mir willst du dich nicht anlegen, ich hab Fäuste aus Eisen."

Endlich hielt sie still und machte ein Geräusch, als wenn alle Luft aus ihr herausströmte. Leise begann sie zu weinen. Ach je, so was konnte er ja gar nicht haben! Was tun, wenn eine Frau weinte? Sie in den Arm nehmen und trösten. Aber er konnte doch nicht eine wildfremde Frau …

Abrupt ließ er von ihr ab. Statt sie zu trösten, blaffte er sie an: „Was ist los mit dir, hä? Warum willst du dein Leben wegwerfen?"

Wie rau und ungehobelt seine Stimme klang! Er erwartete ein wütendes: *Was geht Sie das denn an?* oder Ähnliches.

„Weil ich eine erbärmliche Versagerin bin", schluchzte sie. Es dauerte einen Moment, bis sie weiterreden konnte. „Fast all meine Prüfungen habe ich verpatzt. Ich werde immer fetter, keine Diät hilft. Neulich wäre fast der Barrenholm gekracht von meinem Gewicht. Sogar meine Füße sind verfettet, all meine teuren Sportschuhe passen nicht mehr. Wie soll man so was aushalten?"

„Aha!", erwiderte er. „Sind denn ein paar Pfunde mehr wirklich ein Grund, sich gleich umzubringen?"

„Und ob! Ich bin Sportstudentin. Eine fette Sportstudentin – das geht gar nicht."

„Hm." Damit hatte sie sicher recht. Er runzelte die Stirn. „Dann studier' doch einfach was anderes."

Zum ersten Mal sah die junge Frau ihn richtig an. Sie hatte ein sehr hübsches Gesicht, trotz der Pausbacken und der verweinten Augen.

„Oder gib das Studieren ganz auf. Du bist attraktiv, auf deine Art. Du könntest dich zum Beispiel als eines dieser Spezial-models bewerben." Er spürte, dass er rot anlief und fing an zu stammeln: „Ich ... ich meine, so eins, das Kleidung für fett..., äh, für beleibte Frauen auf dem Laufsteg präsentiert."

Betreten räusperte er sich. Wie konnte er nur so was Albernes vorschlagen?

Doch sie war nicht sauer, grinste sogar schwach. Dann verblasste das Grinsen wieder. „Und nicht zu vergessen: Mein Freund hat mich abserviert – nach drei glücklichen Jahren.

Einfach so! Für ein magersüchtiges Elfchen, das aussieht wie vierzehneinhalb." Sie ließ den Kopf hängen und starrte vor sich hin.

„Oh, das ist natürlich ein Schicksalsschlag."

„Nein, nein, das ist völlig korrekt so. Der Typ ist im Grunde sowieso ein Arschloch. Ich bin heilfroh, dass ich den Idioten los bin." Von einem Augenblick auf den anderen wirkte sie nicht mehr depressiv, sondern aggressiv.

Er wich automatisch einen Schritt zurück. Anscheinend war sie anfällig für schnelle Stimmungswechsel.

Sie musterte ihn, ihr Blick wurde wieder weicher. „Was machst du überhaupt hier, so früh am Morgen?", fragte sie. „Und wie heißt du?"

„Ich heiße, ähm, ich bin ..." Verdammt, sein Name fiel ihm nicht mehr ein. Was war nur los mit ihm? Hatte er etwa sein Gedächtnis verloren? Verwirrt durchforstete er seine Jacken- und Hosentaschen, konnte aber keinen Ausweis oder Ähnliches entdecken. Stattdessen fand er ein Tütchen mit durchweichten Tabletten. Was suchten die in seiner Hosentasche? Seine Stirn spannte sich an und das Pochen in seinem Kopf wurde schlimmer. So fühlte es sich also an, wenn man sich das *Gehirn zermarterte.*

„Was ist denn mit dir? Hab ich was Unanständiges gefragt?"

„Nein!", sagte er. „Ich weiß bloß nicht mehr ..."

Er fasste sich an seine schmerzende Stirn und ertastete eine dicke Beule. Ihm wurde schwindelig. Ja, genau so war es vor seiner Ohnmacht auch gewesen.

Die Landschaft hatte begonnen, sich um ihn zu drehen, nachdem er diese verfluchten Tabletten geschluckt und mit Unmengen von Alkohol runtergespült hatte.

Mit einem Mal kehrte seine Erinnerung vollends zurück, glasklar und scharfkantig wie die Scherben der geleerten Flasche Wodka, die er aufgrund eines vagen Restes von Rücksichtnahme nicht auf dem Uferkies, sondern in einem der eisernen Abfallkörbe zerschmettert hatte. Nach einem kindischen Heulanfall war er aufs Ufer zugewankt, vornüber-gekippt – lange, bevor er sein Ziel erreicht hatte – und mit der Stirn auf die Steine im flachen Wasser geknallt. Heiser lachte er auf.

Er hatte kein *Glück,* sondern gottverdammtes *Pech* gehabt, dass er nicht mit dem Kopf voran ins Wasser gestürzt war. „Ich, also, ich wollte mich auch umbringen", presste er hervor.

„Was?"

„Auch aus einer albernen depressiven Laune heraus."

„Bei mir war es keine alberne depressive Laune. Ich habe immerhin …"

„Nein, nein!", unterbrach er sie. „So meinte ich das nicht. Was ich sagen wollte, ist …"

Hach, da ging es schon wieder los. Wie erbärmlich für einen starken, großen Mann wie ihn – der noch dazu Boxer war. Seine Psychotherapeutin hatte ihm damals zu einem Selbstverteidigungskurs geraten. Er hatte sich fürs Boxen entschieden, war absurderweise so gut geworden, dass er – beinahe widerwillig – erst in lokalen, dann sogar in regionalen Wettkämpfen beachtliche Siege errang.

Doch noch immer musste er sich bei jedem Kampf dazu überwinden, seinem Gegner die Faust ins Gesicht zu ballern, dem gestrengen Schiedsrichter in die Augen zu schauen, sich vor dem gaffenden Publikum zu produzieren. Immer noch stand er in der Nacht davor Ängste aus. Ein schüchterner Boxer – das ging gar nicht. Er hatte es so satt.

Die spöttische Miene der Tochter des letzten Schiedsrichters tauchte vor seinen Augen auf. Wie gnadenlos er sich blamiert hatte! Nach seinem spektakulären K.-o.-Sieg hatte sie ihn erst zum Essen, dann in eindeutiger Absicht in ihre Wohnung eingeladen. Ihre lockeren Sprüche, die jeden anderen Mann heiß gemacht hätten, hatten lediglich seine Gesichtshaut glühen lassen; seine Männlichkeit hatte sich nach einer Steilvorlage peinlich berührt verkrochen. Ihm wurde schlecht, wenn er nur daran dachte.

Nein, ihm war schlecht wegen des Wodkas und der Tabletten. Hätte er nicht schon vorher so viel gesoffen, wäre er nie auf dumme Gedanken gekommen. Eine typische Kurzschlusshandlung war das gewesen.

Die Frau grübelte auch vor sich hin. Jetzt blickte sie auf und ihr blasses Gesicht nahm einen besorgten Ausdruck an. „He, Mann, du siehst echt krank aus. Wenn du willst, begleite ich dich nach Hause."

„Wie bitte? Müsste ich das nicht eigentlich dir anbieten? *Ich* habe schließlich *dich* gerettet. Erinnerst du dich?"

Sie lächelte, was ihr Gesicht noch reizvoller machte. „Stimmt", meinte sie, „also hast du was gut bei mir. Obwohl ich ja eigentlich gar nicht gerettet werden wollte. Erinnerst du dich?"

Beide grinsten schief und kehrten dem See einvernehmlich den Rücken zu. Das Wasser suppte noch immer aus ihren Kleidern, sie fröstelten heftig.

„Wahrscheinlich holen wir uns sowieso ne Lungenentzündung und kratzen nachträglich doch noch ab", bemerkte sie trocken.

„Wahrscheinlich."

Sie warfen sich einen Seitenblick zu, schauten sich dann frontal in die Augen und prusteten los. Galgenhumor – das gefiel ihm, stellte er überrascht fest. Den sollte man wirklich häufiger anwenden, um verstörende Situationen zu entschärfen und schmerzlichen Gefühlen die Spitze zu nehmen.

„Wo wohnst du überhaupt?", fragte sie.

„Im Südviertel."

„Oh, das ist ziemlich weit weg. Vielleicht solltest du lieber ein Taxi nehmen?"

„Meinst du, irgendwer würde eine triefende Jammergestalt wie mich mitnehmen? Ich sau denen doch die Sitzpolster total ein."

„Stimmt auch wieder. Weißt du was? Du kommst erst mal mit zu mir. Ich wohne quasi gleich um die Ecke. Höchstens zehn Minuten zu Fuß. Dann kannst du mir auch in Ruhe erzählen, warum *du* …" Den Rest des Satzes ließ sie taktvoll in der Luft hängen.

Er zögerte. Konnte er die spontane Einladung akzeptieren? Schließlich kannten sie sich nicht. Und wie sollte er sich ihr gegenüber benehmen? Er wusste ja nicht mal, wie man mit lebensfrohen Frauen redete, geschweige denn, was man Selbstmordkandidatinnen sagen musste, damit sie …

19

Ach was, Schluss damit, befahl er sich. Zum Teufel mit dieser verdammten Schüchternheit! Das würde er schon hinkriegen. Und sie war wirklich reizend.

„Gute Idee, danke für das Angebot", hörte er sich sagen.

* * *

Wenig später standen sie in ihrem hellen Wohnzimmer und pellten sich die nassen Kleider vom Leib. Seine Finger zitterten und er hatte Mühe, den aufgequollenen Ledergürtel zu öffnen. Sie bemerkte das sofort, anscheinend war sie ihren Mitmenschen gegenüber recht aufmerksam.

„Soll ich dir helfen?", fragte sie leise. Ohne seine Antwort abzuwarten, kniete sie sich vor ihn.

Er blickte in den tiefen Ausschnitt ihres Unterhemds, geradewegs auf ihren üppigen Brustansatz. Sie zitterte ebenfalls ein wenig, vermutlich vor Kälte. Er sah ihre sehr weiße Gänsehaut, wünschte sich, federleicht darüber zu streicheln, damit sie noch ein wenig *gänsiger* wurde. Eine Weile fingerte sie an der Gürtelschnalle herum.

„Gleich müssen wir uns kloppen, wer zuerst unter die heiße Dusche darf", scherzte sie und klapperte übertrieben laut mit den Zähnen.

„Nein, das wäre ungerecht, da ich Halbprofi im Boxen bin. Statt uns zu prügeln, können wir ja Streichhölzer ziehen", erwiderte er, angenehm überrascht von seiner halbwegs schlagfertigen Antwort.

„Ha, geschafft!", rief sie aus. „Boxer bist du also? Cool!" Energisch zog sie seine Hose runter – und die am klammen Jeansstoff klebende Boxershorts gleich mit.

Ausgerechnet jetzt verkroch seine Männlichkeit sich nicht, trotz Erschöpfung, Kälte und Peinlichkeit. Ganz im Gegenteil. „Oh, fuck, Tschuldigung!", stieß er hervor. „Das ist mir furchtbar …

„Sorry! Das war *so* nicht geplant", japste sie und starrte eine Weile mit undurchdringlicher Miene auf den Affront. Doch dann grinste sie breit, geradezu schelmisch – verführerisch, unwiderstehlich.

Und diese Frau wollte sich gerade eben noch umbringen!

„Was meinst du, wollen wir *zusammen* duschen?", raunte sie mit samtiger Stimme. „Dann können wir uns die Streichhölzer sparen. Und damit später lieber eine Kerze anzünden, nach dem Duschen, in meinem Schlafzimmer."

Er schluckte. Sie hatten sich doch gerade erst kennengelernt, wussten fast *nichts* voneinander. Das gehörte sich einfach nicht und bestimmt würde er sowieso wieder versagen. Doch zum zweiten Mal an diesem Tag gebot er dem Zauderer in sich zu schweigen.

Mit seinen Pranken streifte er ungeschickt, aber zärtlich die Hemdträger von ihren Schultern und erwiderte mit fester Stimme: „Super Idee!"

In der Duschkabine war es lächerlich eng, die reizende Rubensfrau nahm in der Tat eine Menge Platz ein. Doch als sie einander unter lüsternem Stöhnen einseiften, verstand er sich und seinen Ausraster überhaupt nicht mehr. Welcher Teufel hatte ihm bloß eingeflüstert, das Leben aus nichtigen Gründen wegzuwerfen, wo es doch so viele wundervolle Augenblicke gab?

Mit einem himmelblauen Engelsblick sah sie zu ihm hoch. „Ich heiße übrigens Lena."

Er antwortete mit einem schwarzglühenden Casanova-Blick – zumindest fühlte er sich gerade wie ein waschechter Frauenheld – und mit seinem Namen. „Boris. Freut mich, dich kennenzulernen."

„Nur gut, dass unser Selbstmord ins Wasser gefallen ist", hauchte Lena.

Inbrünstig nickte Boris, bevor er sie leidenschaftlich küsste.

Das Versprechen der Meerjungfrau

von Cindy Einig

Erschrocken fuhr Slentje zurück, als das Netz mit einem dumpfen Schlag gegen den Schiffsrumpf polterte. „Bei Glaukos, was war das?", rief er aus. „Wenn es dich wirklich gibt, oh, du Gott der Fischer, dann steh mir bei!"

Mit zitternden Fingern beugte sich der junge Fischer über die Reling und sah in zwei Augen, die in allen erdenklichen Grüntönen der Algenwelt schimmerten. Was da in seinem Netz zappelte, war kein Fisch. Lange Haare, deren heller Rotton den Sonnenaufgang erblassen ließ, umspielten das zarte Gesicht. Der schlanke Körper verheddterte sich immer mehr im Netz.

„Eine Meerjungfrau", keuchte er und rief den Gott der Fischer ein weiteres Mal um Hilfe an. Sein Herz setzte einen Schlag aus, während er jeder noch so kleinen Bewegung des Schwanzes mit den Augen folgte. Natürlich kannte er die Legenden, aber das war nur Seemannsgarn. Geschichten, die man Kindern zur Nacht oder an kalten Winterabenden erzählte.

„Vielleicht kann ich dir eher helfen als dein ferner Gott", sagte die Meerjungfrau. „Befreie mich, es soll dein Schaden nicht sein. Ich bin Yara."

Auf einen guten Ausgang hoffend schnappte er sich sein Messer und durchschnitt Kordel um Kordel, während sein Blick an Yaras unergründlichen Augen festhing. „Ich bin ganz vorsichtig", murmelte er vor sich hin.

„Das musst du nicht, ich gehöre ins Wasser. Befreie mich nur." Mit dem Durchtrennen der vorletzten Kordel löste sich das Netz, die Meerjungfrau fiel mit einem leisen Platsch ins Wasser.

Den Blick fest auf die Wasseroberfläche gerichtet, wartete Slentje ab. Zu Hause saßen seine Frau und zwei kleine Kinder. Jede Belohnung war ihm willkommen, um seine junge Familie durchzubringen. Doch in Yaras Augen lag ein Versprechen, welches seinem Herzen eine neue Melodie vorgab und jeglichen Gedanken an seine Familie verdrängte. „Ich habe das alles nur geträumt. Das muss die Sonne sein, die hoch am Himmel steht und unerbittlich brennt."

Kaum war der Gedanke vollends ausgesprochen, durchbrach Yaras Kopf die Wasseroberfläche. „Hör mir gut zu, mein Retter, du hast dir eine Belohnung verdient. Du selbst entscheidest, wie sie ausfallen soll."

Mit schweißnassen Händen umklammerte er die Reling. Wieder und wieder starrte er vom Himmel auf das Meer. Dabei spürte er, wie sein Herz durch diese grün schimmernden Augen in eine völlig andere Welt gezogen wurde. Ihr Blick versprach ihm alles Glück auf Erden. Es kostete ihn viel Kraft, nicht über Bord zu springen und der Fremden durch alle Meere hinterher zu schwimmen. Wie aber sollte ein Mensch einer Meerjungfrau folgen können? Nun ja – in Sagen und Legenden wurde berichtet, dass es durchaus Möglichkeiten gäbe …

24

„Komm morgen hierher zurück, um deine Existenz zu sichern; komm übermorgen, um dir deine Belohnung zu holen. Finde mich hier ein drittes Mal, um in meinen Armen zu versinken." Mit diesen Worten verschwand Yara.

Die glatte See ließ nicht erahnen, was hier gerade geschehen war. Irritiert fragte er sich, ob das alles wirklich wahr sein konnte. Schließlich machte er sich auf den Heimweg. Sein kleines Boot hatte an diesem Tag weder mit Wellen zu kämpfen, noch kamen ihm Raubvögel zuvor, die so oft krächzend in die Fluten stürzten und mit einem Fisch im Schnabel wieder in den Himmel stiegen. Nicht selten umkreisten die Vögel seinen Kutter und krächzten spöttisch.

Obwohl nur noch eines der Netze intakt war, fing er so viel Fisch wie sonst in einer ganzen Woche nicht.

Zurück in der bescheidenen Hütte staunte seine Frau, welch reiches Mahl das Meer ihnen beschert hatte. „Hast du etwa an einem anderen Ort gefischt?", fragte Delma.

„Ich hatte wohl Glück", erwiderte er knapp.

Die Fische lud er vor dem Herd ab. Dort wurden sie ausgenommen und teilweise in Salz eingelegt. Mit dem Rest bereitete Delma ein üppiges Abendessen. Er jedoch saß auf der kleinen Bank vor der Hütte und stierte hinaus aufs Meer. Ihm wurde klar, dass er nach etwas Ausschau hielt, nein – nach jemandem.

Da trat seine Frau aus dem Haus. „Komm endlich zum Essen! Ich habe bereits siebenmal nach dir gerufen und die Kinder sind ungeduldig", herrschte sie ihn an.

„Den ganzen Tag haben sie darauf gewartet, dass du mit ihnen spielst oder Geschichten erzählst. Doch du sitzt hier und starrst aufs Meer, als hätte es deine Seele verschlungen." Mit diesen Worten drehte sie sich um.

Verdutzt folgte er seiner Frau ins Haus. Das Essen verlief schweigend, aber die bittenden Augen der Kinder konnte er nicht übersehen. Und so erzählte er ihnen an diesem Abend Geschichten von einer Meerjungfrau, die den Menschen zur Hilfe kam.

Noch bevor die Sonne am nächsten Morgen auch nur zu erahnen war, fuhr er mit seinem Kutter auf das Meer hinaus. Das zerschnittene Netz war notdürftig geflickt und sollte den Tag zumindest überstehen. Sanft glitt das kleine Boot durchs Wasser, es fand die Stelle vom Vortag fast von allein.

Kaum angekommen suchte er im Licht des heranbrechenden Tages die Wasseroberfläche ab. Er wusste selbst nicht genau, wonach er Ausschau hielt, hoffte nur auf eine Bestätigung, dass die Geschehnisse des Vortages mehr als ein Traum oder eine Reaktion auf die erbarmungslose Sonne gewesen waren. Das Meer jedoch antwortete nicht. Enttäuscht begann er mit seiner Arbeit. An den Seiten des Kutters hingen Netze, die ausgebracht werden wollten. Obwohl das Meer genauso war wie in den Wochen zuvor, in denen er fast nichts gefangen hatte, und eine derart ruhige See für einen Fischer nichts Gutes bedeutete, beflügelte ihn die Hoffnung. Die Worte der Meerjungfrau wogen mehr als die jahrelange Erfahrung. Sie hatte ihm Sicherheit versprochen.

Er entschied sich dafür, nur das intakte Netz auszubringen und dann die Zeit zu nutzen, um das beschädigte sorgsam neu zu knüpfen. Seine Augen wanderten jedoch über die leichten Wellen, auf der Suche nach ihrem grünen Blick. In seinem Herzen spürte er ein Ziehen – Sehnsucht nach dem Meer und seinen wundersamen Wesen. Mehr und mehr drängte sich die fremde Schönheit in sein Innerstes, an einen Platz in seinem Herzen, der längst vergeben war.

Beim Einholen der Leinen bemerkte Slentje bereits am Gewicht, dass etwas nicht stimmte. Es kostete ihn große Mühe, das Netz über die Reling zu hieven. Die Fasern schnitten tief in seine Hände, die Sonne brannte unerbittlich. Boje für Boje zog er über Bord, um schließlich fassungslos die Beute zu begutachten. Es hatten sich nicht nur Fische zwischen den Maschen verfangen, auch einige Beutel hingen darin. Dabei hatte es in den letzten Wochen keinen Sturm gegeben, der andere Schiffe hätte kentern lassen können. Was immer da in seinem Netz hing, musste bereits sehr lange auf dem Meeresgrund geschlummert haben. „Ich sollte viel häufiger direkt am Grund fischen", murmelte er vor sich hin, während er vorsichtig die Beutel aus den Maschen löste.

Zuerst musste er jedoch den Fisch verarbeiten. Der Fang würde sicherlich für zwei Wochen reichen. Er könnte Delma aber auch wieder einmal zum Handeln auf den Markt schicken. Wie nötig waren Gewürze und neue Kleidung für die Kinder!

Außerdem wusste er nur zu genau, wie gern seine Frau einen kleinen Garten anlegen würde. Solch ein Garten würde sie mit dem Nötigsten versorgen und den Hunger schlechter Fangtage abmildern. Dafür war aber ein teurer Grundstock nötig und das Geld hatten sie nicht. In diese Überlegungen stahl sich das Bild einer Meerjungfrau, die mit ihm über den Grund des Ozeans tobte – frei von Sorgen und Nöten.

Als der Fisch verstaut war, konnte er endlich die anderen Schätze in Augenschein nehmen.

Vergessen waren die Anstrengungen und die Schürfwunden an den Händen. Sieben Beutel zählte er, triefend nass von außen, doch im Inneren wie von Zauberhand völlig trocken.

Die Vorfreude verebbte, als er im ersten Säckchen einige Kartoffeln fand. Auch der zweite, dritte und vierte Beutel offenbarten nur Sämereien. Immerhin fanden sich im fünften ein paar Früchte. Nun hielt er es eher für unwahrscheinlich, dass die Beutel schon lange am Meeresgrund gelegen hatten. Dann wäre der Inhalt verdorben. Die vorletzte Tasche enthielt Kräuter. Er verschloss alle wieder sorgfältig und warf sie zur Seite. Der letzte Beutel war der schwerste und schürte seine Hoffnungen auf Gold oder Edelsteine. Zutiefst enttäuscht holte er nur einige Schaufeln, Rechen und andere Geräte daraus hervor.

Ratlos sah er aufs Meer. Mit einem Mal spürte er das Brennen der Sonne wieder und betrachtete sich die zerschundenen Hände. Doch dann wanderten seine Gedanken wieder zu den grünen Augen der Meerjungfrau. Sein Herz sang bereits im Einklang mit der Melodie des Meeres, die Erinnerung an Yara umgarnte sirenengleich seinen Verstand. Delmas braune Haare und Augen waren vergessen, ebenso all die Arbeiten, die am

Haus warteten. Für ihn existierten keine Pflichten mehr und keine Versprechen, die er vor Jahren den Göttern gegeben hatte. Nicht in diesem Moment.

Vollbeladen steuerte der Kutter auf die kleine Anlegestelle zu, die er selbst gebaut hatte. Bereits aus der Ferne sah er die Holzpfähle, die mühsam in den Meeresboden gerammt worden waren und Tag für Tag dem Sog der Gezeiten widerstanden.

Je näher das Boot dem Ufer kam, desto mehr wurde das Geschrei der Möwen vom Geschrei seiner Kinder übertönt. Aber auch das erreichte sein Herz nicht mehr.

„Holt eure Mutter! Sie soll mir helfen, abzuladen!", rief er seinen Kindern zu.

Einen Moment später stoben die Wirbelwinde zum Haus, das man hinter den Dünen nur erahnen konnte.

Als der Kutter sicher vertäut war, stand Delma bereits auf dem Steg. „Du hast wieder so einen guten Fang eingeholt", plapperte sie munter drauf los. „Wie kommt es, dass uns an zwei Tagen aufeinander solch ein Glück beschert wird? Ich glaube, unsere Gebete wurden erhört."

„Das war bestimmt die Meerjungfrau", rief Slentjes Sohn. Seine Tochter nickte lachend.

„Genug, helft mir tragen!", erwiderte er unwirsch. „Es ist heiß, der Fisch muss abgeladen und verarbeitet werden. Außerdem liegen sieben Beutel an Deck."

„Was meinst du?", japste Delma und sprang in den Kutter. Neugierig öffnete sie die Beutel. Dann jauchzte sie. Vier davon band sie sich an den Gürtel, drei warf sie sich über den

Rücken. „Woher hast du die? Ist es Treibgut? Endlich können wir einen Garten anlegen", sagte sie mit glänzenden Augen. „Wir werden Orangen- und Zitronenbäume pflanzen. Stell dir das nur mal vor! Ein Olivenbaum, einen Kräutergarten und immer reichlich Kartoffeln. Wir sind gesegnet."

Halbherzig nickend belud Slentje sich mit dem Fang und stiefelte los zum Haus. Dort angelangt begann er, die Fische auszunehmen und für das Salzfass vorzubereiten.

„Gehst du heute noch zum Markt?", fragte er seine Frau. „Sicher kriegst du dafür neue Kleidung für die Kinder. Vielleicht auch noch einen Becher ..."

„Oder Handschuhe für dich", unterbrach ihn Delma. „Was ist eigentlich mit deinen Händen passiert?"

„Geh du zum Markt", erwiderte er schroff. „Ich kümmere mich hier um alles." Auf ihre Frage wollte er nicht eingehen.

Dann belud er den Wagen für Delma und blieb mit den beiden Kindern zurück.

„Ist das ein Geschenk der Meerjungfrau?", fragte sein Sohn, kaum dass die Mutter um die Ecke gebogen war.

„Ihr hattet mir versprochen, dass es unser Geheimnis bleibt", mahnte er.

„Mama ist ja gar nicht mehr da. Bitte erzähl uns mehr!", sagte seine Tochter.

Da in seinen Gedanken mittlerweile sowieso für nichts anderes mehr Platz war, setzte er sich auf die verwitterte Bank vor der Hütte und begann, die Geschichte des Vortages weiterzuerzählen. Mit offenen Mündern und großen Augen lauschten seine Kinder gebannt jedem seiner Worte.

Auch am folgenden Morgen wartete er den Sonnenaufgang nicht ab und machte sich bereits in der Dunkelheit auf den Weg. Seine Frau war erst spät in der Nacht zurückgekommen und schlief noch, als er das Haus verließ. In Windeseile war der Kutter auf dem Weg zu dem Ort, nach dem sein Herz sich sehnte.

Wie am Tag zuvor warf er die Netze aus, doch er merkte schnell, dass sie leer blieben. Verzweifelt versuchte er es einige hundert Meter weiter, aber auch dort hatte er kein Glück. Er flehte Glaukos um ein Zeichen an, bat den Gott, ihm die Meerjungfrau zu senden, doch Himmel und Wasser blieben still. Nur die Sonne brannte erbarmungslos.

Bis zum Abend fischte er das ganze Gebiet ab, erhielt jedoch nur eine magere Ausbeute. Wieder und wieder suchten Herz und Augen das Wasser ab in der Hoffnung, die unglaublichsten grünen Augen aller Weltmeere darin zu entdecken oder einen Fischschwanz oder rote Haare. Hauptsache – ein Lebenszeichen seiner Angebeteten. Sofort würde er Haus und Hof verlassen, um nur mit ihr das Glück zu teilen. Er wollte ganz ihr gehören, so wie Yara ganz sein werden sollte. Die Suche nach ihr blieb genauso vergebens wie seine Anstrengungen, einen guten Fang zu machen. Als es bereits dämmerte, machte er sich niedergeschlagen auf den Heimweg.

Beim Einholen des Ankers stellte er überrascht fest, dass eine kleine Truhe daran befestigt war, kaum größer als seine Hand. Zärtlich drückte er das Kästchen an seine Brust, als sei es die Geliebte und nicht ein Stück nasses Holz. Was sich darin verbarg, war völlig egal.

Allein die Tatsache, dass die Meerjungfrau Wort hielt, ließ sein Herz schneller schlagen. Eilig steuerte er sein Boot zurück an Land. Die kleine Schatzkiste versteckte er an Bord. Dann lief er zu seinem Haus.

„Wir haben gepflanzt", riefen ihm die Kinder entgegen, als sie mit schmutzigen Händen auf ihn zu rannten. „Vielleicht müssen wir auch beichten."

„Wieso beichten?", fragte er alarmiert.

„Mama wollte alles über die Meerjungfrau wissen." Schuldbewusst schlichen beide ins Haus.

Seufzend drehte der Fischer um, nahm die Schatzkiste an sich und schlurfte ihnen hinterher.

„Ich hatte dir neue Handschuhe gekauft", begrüßte Delma ihn. „Warum hast du sie nicht mitgenommen?"

„Verzeih, davon wusste ich nichts und heute Morgen im Dunkeln habe ich sie nicht gesehen."

* * *

„Ist es wahr, was die Kinder über die Meerjungfrau sagen? Es passt zu den alten Legenden. Bitte fahr nicht mehr hinaus."

„Was soll das? Wie undankbar du bist!", brauste er auf. „Gestern brachte ich dir einen Garten und heute bringe ich eine Schatztruhe."

„Gib sie mir!", forderte Delma, riss ihm die Truhe aus der Hand und sah hinein. Ein Stuhl fiel krachend zu Boden, die Haustür flog ins Schloss. Delma baute sich vor ihm auf.

„Kann ich denn nirgends meine Ruhe haben?", brummte er.

„Du bist mein Gemahl und der Vater meiner Kinder", ereiferte sich seine Frau. „Du kennst die alten Sagen. Hast du nicht die

Goldmünzen in der Kiste gesehen? Du musst nie mehr zur See fahren. Wir müssen nie mehr hungern, nichts missen. Unser Leben wird voller Glück sein. Bitte, lass uns von hier weggehen und den Kindern eine Zukunft in der Stadt ermöglichen."

„Also ist dir der ehrbare Beruf des Fischers nicht mehr gut genug?", brauste er auf. „Warum hast du mich dann geheiratet?"

„Aus Liebe, weil mein Herz dir gehört. Deines hat sich allerdings verirrt. Ich flehe dich an. Fahr nicht mehr hinaus. Lass uns nicht allein!"

Er jedoch sehnte sich nur nach den Armen der Meerjungfrau und nach einem Blick in ihre unergründlichen Augen. Vielleicht ein Kuss! Es hieß, der Kuss einer Meerjungfrau würde Menschen um den Verstand bringen. Die Geschichten kannte jedes Kind. Doch das war bestimmt nur der Klatsch alter verbitterter Weiber.

„Es ist Zeit zu schlafen", war alles, was Slentje seiner Frau entgegnete, bevor er zu Bett ging.

* * *

Noch bevor die Sonne aufgegangen war, schlich er sich davon. Heute war der dritte Tag. Bereits an diesem Abend sollte Delma ihren Willen bekommen. Sie würden sich auf den Weg in die Stadt machen, um sich nach einer geeigneten Hütte umzusehen. Doch dieser Tag, der sollte ihm allein gehören. Das würde aus ihm wohl kaum einen schlechteren Ehemann und Vater machen.

Erwartungsfroh machte er den Kutter los und fuhr zur See. Aber nicht der Gedanke an eine unbeschwerte Zukunft mit

33

seiner Familie ließ sein Herz strahlen, sondern die Vorfreude auf die Liebe der Meerjungfrau.

An diesem Morgen sah er Yaras Schuppen bereits in der aufgehenden Sonne glitzern, als er die Stelle erreichte. Sie war also gekommen.

„Du bist wieder hier!", rief Yara zur Begrüßung.

„Du hast mir noch etwas versprochen", erwiderte er.

„Als ob ich das jemals vergessen würde! Dieser letzte Teil ist mir der liebste."

Sein Herz hüpfte. Diesen Moment hatte er seit Tagen herbeigesehnt. Nicht die Werkzeuge, nicht das Gold – nein! Nur ein Blick in die Unendlichkeit, die sich hinter diesen grünen Augen verbarg.

„Spring ins Wasser!", wies Yara ihn an.

Ohne zu zögern und ohne auch nur den Anker zu werfen, tat er, was sie verlangte. Erst, als das Wasser über seinem Kopf zusammenschlug, dachte er an sein Boot.

„Sorge dich nicht darum. Du wirst es nicht mehr brauchen", besänftigte ihn die Meerjungfrau.

„Aber …", setzte er an.

„Schsch, du bist hier, weil du es so wolltest. Weil dir Gold und eine sichere Zukunft nicht genügten, weil du in die Tiefen gehörst." Kaum hatte sie die Worte ausgesprochen, schlang sie ihre Arme um ihn und zog ihn mit sich. Der Schmerz setzte ein, als die Luft aus seinen Lungen entwich. Ihm wuchsen keine Kiemen! Zu spät erkannte er die Falle, vor der jedes Kindermärchen warnte. Vergessen waren die grünen Augen und der falsche Ruf des Herzens.

Seine Gedanken galten allein der Familie. Tiefer und tiefer wurde er hinabgezogen, Dunkelheit brach allmählich über ihn herein – und Angst. So wie die Sonne aus seinem Blickfeld verschwand, verließ die Hoffnung seinen schwindenden Geist. Nur Momente später entwich seiner Brust der letzte Lebenshauch.

* * *

Sein toter Körper sank weiter hinab in die Tiefe, bis er seine Ruhestätte am Grund des Meeres neben all den anderen Seeleuten fand.

Sommersonnenwende

von Jürgen Flüchter

Missmutig warf er einen Stein ins Meer. Warum war er bloß
auf diese Atlantikinsel geflogen? Nach dem Gespräch mit Kelly
hatte er es zu Hause nicht mehr ausgehalten. Ziellos war er
durch die Altstadt gelaufen. Dann hatte er im Schaufenster
eines Reisebüros das Last-Minute-Angebot gesehen.

Wie jeden Morgen zog das weiße Schiff vorbei, das Touristen
zu der kleinen Nachbarinsel brachte. Vorne an Deck konnte er
die Menschen erkennen. Bestimmt freuten sie sich auf die
langen Sandstrände. Für ihn wäre das nichts.

Seufzend hob er einen weiteren Stein auf, um ihn ins Meer zu
schleudern. Doch was war das? Er glaubte, etwas gehört zu
haben und ließ den Stein fallen. Da, in ungefähr hundert
Metern Entfernung sah er einen Kopf, dann eine Hand. Eine
dünne Stimme rief um Hilfe.

Voll bekleidet stürzte er sich ins Meer und kraulte auf die
Stelle zu, wo der Kopf aufgetaucht war. Suchend schaute er
sich um. Niemand zu sehen. Er holte tief Luft. In ungefähr zwei
Metern Tiefe nahm er undeutlich eine Gestalt wahr, die im
Wasser trieb. Eine Frau mit langen Haaren, Shorts, T-Shirt. Mit
wenigen Schwimmzügen erreichte er sie, griff ihr unter die
Achseln und brachte sie an die Oberfläche. Sie bewegte sich
nicht. Hoffentlich war es noch nicht zu spät. Er schwamm mit
ihr zum Ufer, wobei er darauf achtete, dass ihr Kopf über

Wasser blieb. Am Strand legte er sie auf den steinigen Boden. Schwer atmend blickte er sich um. Weit und breit war niemand zu sehen, der ihm helfen könnte. Also war er auf sich allein gestellt. Kurz rief er sich in Erinnerung, was er über Erste Hilfe bei Badeunfällen wusste. Richtig – Herz-massage, und zwar im Rhythmus dieses alten Hits von den *Bee Gees*.

Er legte seine Hände auf ihren Brustkorb und drückte zu, in seinem Kopf spielte er das Lied ab. Vorsichtig erhöhte er den Druck. *Ah, ha, ha, ha, stayin' alive, stayin' alive*. Kein Lebenszeichen. Er drückte weiter zu, hoffentlich brach er ihr keine Rippe. Nichts. Panik stieg in ihm hoch. Was konnte er noch tun? Mund-zu-Mund-Beatmung, stabile Seitenlage, zum Hotel laufen, einen Rettungswagen rufen ...?

Doch in diesem Moment schlug ihr Kopf, geschüttelt von einem Hustenanfall, hin und her. Rasch nahm er seine Hände von ihrer Brust. Die Fremde richtete sich ruckartig auf. Zu seiner Verwunderung stieß sie nicht, wie er es schon in einigen Filmen gesehen hatte, einen Schwall Wasser aus. Stattdessen öffnete sie die Augen und schaute verwirrt ins Leere.

„Gott sei Dank, Sie leben", entfuhr es ihm.

„Was, wo ...?", stammelte sie.

„Ganz ruhig. Sie sind in Sicherheit."

Die Frau richtete ihren Blick auf ihn.

„Ich habe Sie aus dem Wasser gezogen. Wahrscheinlich sind Sie von dem Schiff gefallen."

„Ich erinnere mich", keuchte sie. „Das Schiff."

„Was ist denn passiert?"

Für einen Moment überlegte sie. „Delfine", stieß sie hervor, hustete erneut.

„Delfine?", fragte er. Was meinte sie nur?

„Ich dachte, da wären welche und beugte mich vor. Dann bin ich wohl über die Reling gefallen."

Ungläubig schüttelte er den Kopf. „Das muss doch jemand mitbekommen haben."

„Also, ich war hinten. Die anderen befanden sich alle vorne. Ich habe noch um Hilfe geschrien." Sie stockte. „Aber dann – ein Krampf im Bein!"

„Ein Krampf, das ist echt schlimm."

„Ja, zum Glück waren Sie zur Stelle. Sie haben mir das Leben gerettet."

„Ach, das hätte jeder getan."

„Nein, nicht jeder." Sie schaute ihn direkt an.

Unwillkürlich zuckte er zurück. Die Schönheit dieser großen braunen Augen beschleunigte seinen Herzschlag. Überhaupt sah diese Frau sehr gut aus. Zwar sprach sie akzentfrei Deutsch, doch ihre braune Haut und die Gesichtszüge mit den hohen Wangenknochen wirkten exotisch.

Jetzt strich sie sich ihre nassen Haare aus der Stirn. „Könnten Sie mich vielleicht hochziehen?"

„Natürlich", antwortete er, stand auf und ergriff ihre ausgestreckte Hand. In diesem Augenblick war es ihm so, als ob er einen elektrischen Schlag bekommen hätte.

* * *

„Puh", sagte sie, als sie vor ihm stand, „mir ist doch noch schummrig."

Sie lehnte sich an ihn. Ihr nasses Haar kitzelte in seiner Nase. Sein Herz klopfte bis zum Hals. *Hoffentlich merkt sie es nicht*, dachte er.

Unvermittelt löste sie sich von ihm. „Jetzt geht's wieder. Mein Name ist übrigens Isis. Wir könnten uns duzen."

„Klar. Ich heiße Jan."

Isis schlug ihre Arme um sich. „Als Erstes muss ich ins Hotel, um mich umzuziehen."

„Das gilt auch für mich. Ich komme mit."

„Nimm es mir nicht übel, Jan, ich möchte lieber allein ins Hotel gehen. Erregt sonst zu viel Aufsehen."

„Wie du willst", erwiderte er.

„Aber ich habe mir überlegt, wie ich mich erkenntlich zeigen kann."

„Das ist wirklich nicht nötig", wehrte er ab.

„Doch, ist ja nur eine Kleinigkeit. Heute Abend wird auf der Terrasse des Hotels ein besonderes Buffet ausgerichtet. Dazu spielt eine Popband und es darf getanzt werden."

Er nickte. Die Plakate hingen schon seit mehreren Tagen im Frühstücksraum aus. „Ich habe gehört, dass es dafür keine Karten mehr gibt", wandte er ein.

„Das kriege ich schon hin", erwiderte sie mit einem Lächeln. „Um sieben auf der Terrasse! Was meinst du?"

„Gut", stimmte er zu. Was vergab er sich schon?

Isis strahlte über das ganze Gesicht. Er schaute ihr nach, als sie elegant, ohne jede Spur von Unsicherheit, über die Steine zum Hotel zurückging. *Sie hat sich wirklich schnell erholt*, schoss es ihm durch den Kopf.

Einmal drehte sie sich noch um und rief: „Ich freu mich drauf."

„Ich mich auch", rief er zurück und spürte in sich hinein, ob das wirklich stimmte. Seit langer Zeit hatte er kein Gefühl der Freude oder Vorfreude auf irgendetwas mehr empfunden. Dabei hätte alles gut sein können. Er war gesund, hatte einen schönen Beruf, gute Freunde, mit denen er einiges unternahm. Im Grunde genommen konnte er sich nicht beklagen.

* * *

Er war nur einige Minuten zu früh. Alle Tische bis auf einen im hinteren Teil der Terrasse waren bereits besetzt. Mit gemischten Gefühlen schaute er aufs Meer. Hoffentlich würde er den Abend hinbekommen. Er hatte vor, sich um zehn, spätestens um halb elf freundlich zu verabschieden. Vorher etwas Small-Talk, lobende Worte für das Essen …

Dann spürte er eine Veränderung, die Gespräche der Gäste waren verstummt. Er drehte sich um. Lächelnd kam Isis auf ihn zu. Ihre schwarzen Haare, die schwärzesten Haare, die er je gesehen hatte, schwangen hin und her. Die Aufmerksamkeit, die sie erregte, schien sie nicht zu bemerken. Sie trug ein weißes Kleid. An ihrer silbernen Kette hing ein goldener Käfer, ein Skarabäus. Das war der einzige Schmuck. Vielleicht war sie Ägypterin. Wie selbstverständlich legte sie eine Hand auf seinen Arm.„Schön, dass du gekommen bist, Jan."

„Natürlich, ich hatte doch zugesagt", erwiderte er steif.

Als sie an ihrem Tisch saßen, überlegte er, worüber sie reden könnten, doch sie kam ihm zuvor.

„Wieso verbringt ein so netter und attraktiver Mann seinen Urlaub ganz allein?"

„Das könnte ich dich auch fragen?", wehrte er die Frage ab.

„Wie meinst du das?" Sie grinste. „Hältst du mich etwa für einen netten, attraktiven Mann?"

Das brachte ihn zum Lachen. Irgendwie gefiel ihm diese Frau, sie erinnerte ihn ein wenig an Kelly. „Also", setzte er nach, „was macht eine Frau wie du hier ganz allein?"

„Meinst du, dass eine Frau wie ich immer einen Mann dabeihaben muss?"

„Du hast doch mit dem Thema angefangen", protestierte er.

„Stimmt", gab sie zu, „aber jetzt erzähl mal, was du so treibst."

„Ich habe eine Buchhandlung, zusammen mit Kelly, einer Freundin, die ich schon von Kind auf kenne."

„Oh, interessant." Ihre Augen leuchteten. „Dann hast du bestimmt so einiges gelesen."

„Natürlich, muss ich ja als Buchhändler."

„Lieblingsbuch?"

„Momentan *Ramses* von Christian Jacq. Für mich einer der besten historischen Romane, man kann sich das Leben dieses großen Pharaos richtig vorstellen."

„Eine Fantasiegeschichte", meinte sie, „mehr nicht."

„Das sehe ich anders", widersprach er. „Jacq ist ein anerkannter Ägyptologe. Er weiß, wovon er schreibt."

„Er weiß gar nichts", ereiferte sie sich. „Ramses war absolut kein Held. Wusstest du, dass er ein Bein nachzog? Sein Gang war alles andere als würdevoll."

Verständnislos schüttelte er den Kopf. „Woher willst du das wissen?"

„Ich weiß es eben. Ramses war in Wirklichkeit ein kleinlicher, rachsüchtiger Mann. Eine Sache allerdings beherrschte er perfekt. Er war ein Meister der Propaganda und Selbstdarstellung. Er sorgte dafür, dass die Nachwelt ihn als gutaussehenden Helden wahrnehmen musste."

„Davon habe ich ehrlich gesagt noch nie etwas gehört."

„Außerdem schnarchte er ganz fürchterlich." Sie stöhnte.

„Das klingt ja so, als wärest du dabei gewesen", stieß er hervor. Das Ganze irritierte ihn.

Einen Moment schaute sie ihn intensiv an, dann prustete sie los: „Das war ein Scherz, Jan."

„Okay." Er nickte erleichtert. „Das hast du wirklich sehr gut rübergebracht. Bist du etwa Schauspielerin?"

„Dasselbe könnte ich dich auch fragen."

„Was genau?"

„Na, ob du Schauspieler bist."

„Das verstehe ich nicht."

„Ich glaube, du verstehst mich ganz gut." Wieder legte sie eine Hand auf seinen Arm.

Am liebsten wäre er aufgesprungen und davongelaufen. Doch er fühlte sich wie gelähmt, all seine Energie war verpufft. Dann brach der Damm, den er jahrelang mühevoll aufrechterhalten hatte.

Die Worte sprudelten nur so aus ihm heraus. „Schauspieler? Ja, stimmt irgendwie." Freudlos lachte er auf. „Für alle bin ich der nette, freundliche Kumpel. Krieg ich gut hin. Doch keiner weiß, was wirklich mit mir los ist, auch Kelly nicht. Innerlich bin ich …", er rang um die richtigen Worte, „… wie gefroren. Schon als Jugendlicher war mir klar, dass mit mir etwas nicht stimmt. Nach und nach verliebten sich alle meine Kumpels, wollten etwas Festes. Wenn ich eine Freundin hatte, der eine engere Beziehung vorschwebte, habe ich einfach Schluss gemacht. Zuerst dachte ich, ich wäre vielleicht homosexuell, aber …" Für einen Moment stockte er. Was erzählte er dieser wildfremden Frau? Wenn sie gleich aufstand und abhaute, durfte er sich nicht wundern.

„Aber?", warf Isis ein.

„Das ist es nicht. Ich bin einfach im Inneren verkorkst."

„Verkorkst?"

„Daneben. Nicht normal. Bis vor Kurzem hatte ich wenigstens Kelly. Mit ihr konnte ich etwas unternehmen. Jetzt ist diese Beziehung auch zerstört."

„Was ist passiert?"

Er seufzte. „Es war ein ganz normaler Abend. Wir haben bei mir Pizza gegessen und eine Flasche Rotwein aufgemacht. Vielleicht hat Kelly zu viel getrunken, ich weiß es nicht. Auf einmal gestand sie mir, dass sie mich schon immer geliebt hätte. Es wäre ihr nur nicht bewusst gewesen. Mich traf der Schlag. Ich war völlig unvorbereitet, konnte ihr nicht in die Augen sehen. Dann musste ich ihr erklären, dass ich keine engere Beziehung mit ihr eingehen könnte. Dass ich das mit keinem Menschen könnte. Was sollte ich sonst sagen? So einen wie mich hat sie doch nicht verdient. Danach ist sie gegangen. Ohne ein weiteres Wort." Er starrte auf seine Hände, die er auf dem Tisch wie zum Gebet gefaltet hatte.

„Jetzt weiß ich nicht, wie es weitergehen soll, auch mit der

Buchhandlung." Dann schwieg er, seine Worte waren versiegt. Nun würde es wahrscheinlich ein paar gute Ratschläge geben. Danach würde Isis mit Sicherheit bald das Weite suchen – Lebensretter hin oder her.

Doch stattdessen deutete sie auf die Bühne. „Schau mal, es geht gleich los."

Mit wenig Begeisterung beobachtete er, wie die Musiker die Bühne betraten. Nachdem die Sängerin die Gäste begrüßt hatte, begann die Band zu spielen. Isis stand auf. Etwas benommen folgte er ihr auf die Tanzfläche, die sich schnell füllte. *Die spielen gar nicht mal so schlecht*, dachte er, als er sich im Takt der Musik bewegte. Zu seiner Verwunderung tanzte Isis zurückhaltend, ja fast schon lustlos.

In der Tanzpause ging sie zielstrebig auf den Keyboarder zu, den sie wohl als Kopf der Band ausgemacht hatte. Als sie ihn ansprach, schüttelte der Mann unwillig den Kopf. Doch sie redete weiter auf ihn ein, dabei legte sie eine Hand auf seinen Arm. Zu Jans Erstaunen wischte der Keyboarder ihre Hand nicht beiseite, sondern wirkte für einen Moment wie erstarrt. Dann nickte er und setzte einen Kopfhörer auf. Isis stellte sich ans Keyboard und spielte ihm etwas vor.

Innerlich schüttelte Jan den Kopf. Dann beschloss er, die Zeit zu nutzen, um die Toilette aufzusuchen. Als er zurückkam, saß Isis am Tisch und strahlte ihn an wie ein kleines Kind, das sich auf eine Überraschung freut.

„Gleich spielen sie mein Wunschlied", verkündete sie stolz.

Die nächsten Minuten vergingen schweigend. Sie schaute interessiert zu, wie die Musiker irgendwelche Absprachen trafen. Das alles kam ihm etwas übertrieben vor. Er beobachtete ein Flugzeug, das von dem nahegelegenen Flughafen abhob. *Samstag fliege ich zurück*, dachte er, empfand aber keine Freude. Auf der Insel fühlte er sich allerdings auch nicht wohl. Seine Gedanken wurden von der Sängerin unterbrochen, die, eine Flöte in der Hand, ankündigte, dass sie nun ausnahmsweise eine Art klassisches Stück spielen würden. Bevor auch nur der erste Ton erklungen war, hatte Isis bereits seine Hand ergriffen und zog ihn auf die Tanzfläche.

Der Schlagzeuger eröffnete das Stück mit einem Dreivierteltakt auf einer Cajon. Im Rhythmus der archaisch anmutenden Trommelklänge begannen sie sich zu drehen. Eine einfache, aber wunderschöne Melodie setzte ein, leise, langsam, gespielt nur mit der Flöte. Die Melodie berührte ihn in seinem tiefsten Inneren. Weitere Instrumente kamen dazu – Gitarren, Streicher. Das Stück wurde schneller, die Musik lauter. Dann verloren sich jegliche Gedanken, sie wichen einem Gefühl von Freiheit und Leichtigkeit. Das Einzige, was er noch wahrnahm, war Isis, die ihm ab und zu ein Lächeln zuwarf.

Irgendwann setzten die Instrumente nach und nach aus, nur die Cajon war noch zu hören, wurde leiser, bis sie schließlich verstummte.

Isis löste sich von ihm. „Das war schön", flüsterte sie.

Jemand klatschte, andere fielen ein. Erstaunt stellte Jan fest, dass Isis und er nicht allein auf der Tanzfläche standen. Die Musiker verbeugten sich lächelnd, der Keyboarder applaudierte in Isis' Richtung.

„Lass uns noch ans Meer gehen", schlug sie vor.

45

Als sie am kleinen Sandstrand des Hotels saßen, wurde es langsam dunkel. *Wir haben ja gar nichts gegessen*, dachte er, verspürte allerdings keinen Hunger. Am Himmel funkelte ein einsamer Stern.

„Die Venus", meinte sie. „Wusstest du, dass dieser Planet nach der römischen Liebesgöttin benannt wurde?"

„Nein, wusste ich nicht", gab er zu.

„Die Römer nahmen die griechische Göttin Aphrodite als Vorbild für ihre eigene Liebesgöttin."

Ihm wurde heiß. Warum berührte ihn das, was sie sagte?

„Aber auch die Griechen griffen auf eine frühere Göttin zurück", fuhr sie fort.

Seine Nackenhaare sträubten sich.

„Auf Isis, die ägyptische Göttin Isis!" Mit diesen Worten warf sie ihm einen merkwürdigen Blick zu.

Die Zeit schien still zu stehen. Er verlor sich in ihren dunklen Augen. Nur Sekunden später zerstörte sie den Zauber.

„Eigentlich müsste der Planet *Isis* heißen", kicherte sie.

Es dauerte einen Moment, bis er sich im Hier und Jetzt wieder zurechtfand. „Stell doch einen Antrag auf Umbenennung an die Weltraumbehörde", sagte er, „in zwölffacher Ausführung."

Sie lachte. „Du kannst ja richtig witzig sein. Aber mal was anderes. Weißt du, was heute für ein Tag ist?"

Kurz überlegte er. „Was haben wir denn? Mittwoch, den …"

„Einundzwanzigsten Juni, Sommersonnenwende", unter-brach sie ihn.

„Stimmt. War mir gar nicht bewusst."

„An diesem Tag feierten wir bei uns zu Hause immer ein Fest."

Sie nahm seine Hand. „Es war Tradition, dass sich die jungen Leute für die Zeit des Festes einen Gefährten oder eine Gefährtin suchten – auch für die Nacht."

„Klingt romantisch", erwiderte er mit belegter Stimme.

„Möchtest du heute Nacht mein Gefährte sein?"

„Was, wie …? Also, ich …" Sein Herzschlag setzte aus. Er begann zu schwitzen, wollte ihr erklären, dass das unmöglich war. Dann küsste sie ihn und was er gedacht hatte, spielte keine Rolle mehr.

* * *

Als er aufwachte, dauerte es eine Weile, bis die Erinnerung an die letzte Nacht zurückkehrte. Isis hatte die Sache sehr pragmatisch angepackt, hatte vorgeschlagen, zu ihm zu gehen. Ihr Bett wäre zu schmal, schließlich wollten sie ja nicht herauspurzeln. Mit einem Lächeln auf den Lippen ließ er seine Hand auf die rechte Seite des Bettes wandern. Doch da war niemand. Noch schlaftrunken öffnete er die Augen und starrte auf den Wecker. Halb zehn. Wann hatte er das letzte Mal so lange geschlafen? Wahrscheinlich hatte Isis sich irgendwann hinausgeschlichen, um ihn nicht zu wecken. Sie würde im Frühstücksraum auf ihn warten. Er nahm die schnellste Dusche seines Lebens und eilte nach unten. Als sie um halb elf immer noch nicht aufgetaucht war, ging er zur Rezeption. Die junge Frau hinter der Theke schaute ihn freundlich an.

„Gestern Abend habe ich eine Frau kennengelernt", begann er. „Leider weiß ich nur ihren Vornamen: Isis. Wäre es möglich, sie anzurufen und ihr zu sagen, dass ich auf sie warte? Ich heiße Jan."

„Mal schauen." Die Frau wandte sich einem Computerbildschirm zu und überprüfte anscheinend die Gästeliste. Es dauerte einige Minuten, bis sie zu ihm hochblickte. „Es tut mir wirklich leid. Einen Gast mit dem Vornamen *Isis* haben wir nicht."

„Lange, schwarze Haare; dunkelbraune Augen."

„An jemanden, auf den diese Beschreibung passt, kann ich mich nicht erinnern." Bedauernd schüttelte die Frau den Kopf.

Er bedankte sich und ging zum Aufzug. Hatte er sich alles nur eingebildet? Zurück in seinem Hotelzimmer setzte er sich auf den Balkon. Es verwunderte ihn, dass er weder niedergeschlagen noch enttäuscht war. Sein Blick fiel auf einen Gegenstand, der auf dem Balkontischchen lag und in der Sonne glänzte. Ein goldener Skarabäus. *Der* Skarabäus. Jan umschloss das Schmuckstück mit seiner Hand, ein warmes Gefühl breitete sich in ihm aus.

Auf dem blau glitzernden Meer zog das weiße Schiff vorüber. Vielleicht würde er morgen einmal mitfahren. Er schaute auf die Uhr. Elf Uhr, in Deutschland zwölf Uhr. Kelly war schon seit zwei Stunden in der Buchhandlung. Er nahm sein Handy. Was konnte er Kelly sagen? Dass er jemandem das Leben gerettet hatte? Nein, so war es nicht. Es war umgekehrt.

Als er die Nummer eintippte, machte sich Nervosität in ihm breit.

„Bücherinsel." Ihre Stimme klang, als wäre sie außer Atem.

„Hallo, Kelly, hier ist Jan", sagte er. „Ich vermisse dich."

So fühlt es sich an

von Lillemor Full

Junes Gummistiefel erzeugten bei jedem ihrer Schritte ein schmatzendes Geräusch. Die sintflutartigen Regenfälle der vergangenen Tage hatten selbst den Boden der gepflegten *Royal Botanic Gardens* in einen einzigen Schlammhaufen verwandelt. Missmutig zog June ihre Kapuze tiefer ins Gesicht, um sich gegen den wiedereinsetzenden Nieselregen zu schützen. Normalerweise hätte sie sich gehütet, bei dem Wetter das Haus zu verlassen, aber besondere Umstände erforderten nun mal außergewöhnliche Maßnahmen.

Zuhause hatte sie eine Mail erhalten, in der ihr nüchtern mitgeteilt wurde, dass ihre Flitterwochen storniert waren – mal wieder. Um nicht die ganze Inneneinrichtung aus Frust und Enttäuschung zu zerlegen, hatte sie beschlossen, in dem nahe gelegenen Park frische Luft zu schnappen.

Jetzt stapfte sie, immer noch vor Wut schäumend, durch den aufgeweichten Boden. Eine Hand hatte sie tief in der Jackentasche vergraben, während sich die andere fest um ihr Handy klammerte, das sie unter der Kapuze an ihr Ohr hielt. Am anderen Ende ließ sich der Verantwortliche für ihren negativen emotionalen Zustand eine schlechte Erklärung nach der anderen einfallen.

„Ethan, wir sind seit anderthalb Jahren verheiratet. Das ist das dritte Mal, dass du unsere Flitterwochen absagst. *Das dritte*

Mal!" Da sich niemand außer June im Park aufhielt, war es ihr egal, dass sie mittlerweile schrie.

Sie näherte sich der Themse, die sich aufgrund der Wassermassen in einen reißenden Fluss verwandelt hatte. Das tosende Geräusch spiegelte exakt ihren Gemütszustand wider.

„Aha", erwiderte sie auf die leeren Phrasen, mit denen Ethan sie besänftigen wollte. „Ich verstehe, dass du wegen der Übernahme der Firma viel zu tun hast – wirklich. Aber du kannst nicht jedes Mal unsere Flitterwochen absagen, ohne mit mir vorher darüber zu sprechen. Zu dieser Beziehung gehören zwei Personen."

Sie betrat die Holzbrücke, die über den Fluss führte und ging bis zur Mitte. Dort lehnte sie sich gegen die Brüstung und schaute in das brodelnde Wasser unter sich. Mittlerweile war es so laut, dass sie nicht mehr verstand, was er sagte. Aber es interessierte sie auch nicht. Seit ihrer Hochzeit hatte er sich verändert und das nicht unbedingt zum Positiven. Genervt rollte sie mit den Augen und atmete tief ein.

„Weißt du was, Ethan? Manchmal wünschte ich, ich hätte dich nie kennengelernt!"

Kaum hatte sie den Satz ausgesprochen, gab das alte Holzgeländer mit einem lauten Krachen unter ihrem Gewicht nach. Ein Schrei entfuhr ihr. Verzweifelt wedelte sie mit den Armen, um ihr Gleichgewicht nach hinten zu verlagern. Doch die aufgequollenen Holzbohlen boten ihren matschverschmierten Gummistiefeln keinen Halt mehr. June folgte den abgebrochenen Holzteilen, die gerade in dem aufgewühlten Fluss verschwanden.

Bevor sie unterging, hörte sie noch, dass Ethan verzweifelt ihren Namen rief. Die Kälte traf sie mit solch einer Wucht, dass ihr Herz für ein paar Schläge aussetzte. Ihr Körper wurde von der Strömung mitgerissen; sie spürte, wie ihre Hüfte gegen einen Stein schlug. Mit aller Kraft versuchte sie, an die Oberfläche zu gelangen.

Kurz schaffte sie es, schnappte gierig nach Luft, nur um gleich darauf abermals in den Fluten der sonst so ruhigen Themse zu verschwinden.

Ihre Lungen brannten, Panik machte sich in ihr breit. Mit aller Macht kämpfte sie gegen die Strömung an, doch ohne Erfolg. Es gelang ihr kaum, sich an der Oberfläche zu halten, geschweige denn, ans Ufer zu schwimmen. Die Naturgewalt war viel zu stark. Der Drang zu atmen wurde unerträglich. Schließlich schaffte sie es nicht mehr, zu widerstehen und öffnete den Mund. Ihre Lungen füllten sich mit Wasser, ihr Sichtfeld wurde immer schmaler. Ihr letzter Gedanke, bevor sie das Bewusstsein verlor, galt Ethan.

* * *

June fiel auf die Knie und sog gierig die Luft ein. „Scheiße!" Ihre Fingernägel krallten sich in dem weichen Holz fest. Neben ihrer linken Hand lag das Handy. Stirnrunzelnd betrachtete sie es. Sobald sich ihre Atmung reguliert hatte, stand sie mit zittrigen Beinen auf. Irgendetwas stimmte nicht. Sie befand sich noch immer auf der Holzbrücke, das Geländer war völlig intakt.

„Was zum ..." Ungläubig strich sie über die robusten Balken. War sie nicht ertrunken? Vor wenigen Minuten? Es hatte sich so real angefühlt. Sie konnte sich nicht vorstellen, dass sie sich das Ganze nur eingebildet hatte. Noch immer stand sie völlig perplex auf der Brücke, während der Regen stärker wurde. Rasch hob sie ihr Handy auf und inspizierte das Display. Datum und Uhrzeit stimmten. Offenbar hatte sie das Gespräch mit Ethan beendet, obwohl sie sich nicht daran erinnern konnte. Ihr schauderte, als sie daran dachte, wie er ihren Namen geschrien hatte. Sollte sie ihn noch mal anrufen? Nein, zuerst musste sie sich sammeln. Fahrig fuhr sie sich mit der Hand über das Gesicht und beschloss, nach Hause zu gehen.

* * *

Sie griff in ihre Jackentasche, holte den Schlüssel hervor und steckte ihn ins Schloss. Problemlos glitt er hinein, ließ sich jedoch nicht drehen. Ein paar Mal ruckelte sie an dem Schlüssel, doch auch mit Gewalt ließ er sich nicht drehen. Sie zog ihn wieder heraus und betrachtete ihn. Mit dem Finger fuhr sie über die Zacken, die alle intakt waren. Hatte Ethan das Schloss auswechseln lassen?

„Klar, June, das geht ja auch innerhalb einer Viertelstunde", sagte sie leise zu sich selbst und schüttelte den Kopf. Was war nur los mit ihr? Sie schaute auf das Straßenschild an der Ecke: *Hatherley Road.* Sie stand vor dem Haus Nummer drei. Also war sie richtig. Als ihr Blick auf die Fenster fiel, breitete sich ein flaues Gefühl in ihrem Magen aus. Diese Gardinen kannte sie nicht. Auch der Name, der auf dem Klingelschild stand, war ihr völlig unbekannt. Ihre Beine gaben nach; sie hielt sich am Briefkasten fest, um nicht hinzufallen. Tief atmete sie ein und aus, bevor sie mit bebenden Fingern auf die Klingel drückte.

52

Die Tür blieb verschlossen. Darüber war sie froh. Wenn ein fremdes Gesicht in der Tür ihres eigenen Hauses erschienen wäre, hätte sie es nicht ertragen. Ethan! Sie musste ihn sofort anrufen! Er wusste immer, was zu tun war. Bestimmt gab es eine ganz logische Erklärung. Insgeheim wusste sie allerdings sehr wohl, dass nichts auf dieser Welt diesen mysteriösen Zustand erklären konnte. Sie holte ihr Handy hervor und scrollte in ihrer Kontaktliste zu E. Als sie Ethans Namen nicht fand, sog sie scharf die Luft ein. Schnell scrollte sie weiter zum Buchstaben M, doch auch sein Nachname war verschwunden. Mit zitternden Fingern strich sie über das Display, um es von den Regentropfen zu befreien. Dann kniff sie die Augen zu. Das alles durfte nicht wahr sein! Vorsichtig öffnete sie die Augen wieder und linste auf ihr Handy.

Keine Änderung. Ethan tauchte in der Kontaktliste nicht auf.

In diesem Moment klingelte ihr Handy, vor Schreck hätte sie es beinahe fallen lassen. Ein beruhigendes Gefühl durchströmte sie, als sie den Namen ihrer besten Freundin Mae las.

„June, wo bist du?"

Sie schluckte, als sie die vertraute Stimme hörte. „Ich, ich bin in Richmond. Was gibt es denn?", fragte sie und versuchte, möglichst normal zu klingen, was ihr in Anbetracht der gegebenen Umstände schwerfiel.

„Richmond? Was zum Teufel machst du da? Ach, auch egal. Das Meeting beginnt in zwei Stunden. Wir wollten doch den Pitch noch mal durchgehen. Also schwing deinen Hintern wieder in die City. Ich warte zu Hause auf dich. Bis gleich."

Irritiert schaute June das Handy an. Welches Meeting meinte Mae? Welcher Pitch? Und was noch viel wichtiger war: welches Zuhause? Ihr Zuhause befand sich in Richmond. Zumindest hatte sie das bis vor Kurzem noch angenommen.

Unschlüssig stand sie im Vorgarten des Hauses, von dem sie bis vor einigen Minuten noch geglaubt hatte, dass es Ethans und ihres wäre. Sie konnte Mae nicht zurückrufen und fragen, was ihre Freundin mit *Zuhause* meinte. Also beschloss sie, zu der einzigen Adresse zu fahren, die Sinn ergab, dorthin, wo Mae und sie nach dem Studium zusammengewohnt hatten, bevor sie zu Ethan gezogen war.

* * *

„Na endlich! Himmel, du bist total nass. Zieh dir schnell was anderes an und dann erzähl mir, was du im versnobten Richmond gemacht hast." Mae schüttelte sich bei dem Wort Richmond und verschwand wieder in der Küche.

Maes Ersatzschlüssel baumelte in Junes Hand. Fassungslos stand sie im Flur. Es sah alles genauso aus wie vor vier Jahren. Ihre Schuhe standen aufgereiht im Flur. Ihre Pinnwand hing immer noch an derselben Stelle.

Das konnte aber nicht sein! Sie war ausgezogen.

Mae hatte die Wohnung allein weiter gemietet, alles umgestellt und umdekoriert. Jetzt sah es so aus, als wäre June nie weggewesen. Arbeiteten sie und Mae etwa immer noch für die PR-Agentur? Was war mit Ethan? Ihr Herz begann schneller zu schlagen.

„Mae?", rief sie und hörte selbst, wie kraftlos ihre Stimme klang.

Ihre Freundin streckte den Kopf durch die Küchentür. „Was ist?"

„Kannst du mir bitte Ethans Nummer geben? Ich muss sie aus Versehen gelöscht haben." Noch während sie sprach, bemerkte sie die Falten, die sich auf Maes Stirn bildeten.

„Ethan?"

June nickte und hoffte, dass die Panik, die in ihr aufkeimte, sich nicht in ihrem Gesicht widerspiegelte.

Mae schaute skeptisch. „Wer ist das? Irgendein heißer Typ, den du mir verschwiegen hast?"

„Ach, nicht so wichtig." Sie fühlte sich so schrecklich hilflos. Am liebsten hätte sie laut geschrien. Stattdessen grub sie sich die Fingernägel in die Handflächen und versuchte zu lächeln.

„Irgendwie bist du heute komisch. Geht es dir nicht gut?" Besorgt musterte Mae sie.

June schüttelte den Kopf und räusperte sich. „Nein, es geht schon. Bei wem halten wir den Pitch doch gleich? Bei *Ashton & Ashton*?"

„Was ist nur los mit dir? *Ashton & Ashton* gibt es doch gar nicht mehr. Weißt du was? Du legst dich hin und ich mache den Pitch allein."

Sie sah und hörte, dass weitere Worte Maes Mund verließen, konnte aber nichts mehr verstehen, konnte nur an Ethan denken. Das Letzte, was sie zu ihm gesagt hatte, war, dass sie wünschte, sie hätten sich nie kennengelernt. O Gott! Was, wenn Ethan nicht mehr lebte?

„Ich muss noch mal weg. Tut mir leid", murmelte sie und ging rückwärts zur Tür.

Maes Rufe ignorierend drehte sie sich um und fing an zu laufen. Dann sprintete sie die Treppen hinunter und lief zur nächsten *Underground Station*. Atemlos taumelte sie in einen Waggon der *Jubilee Line* und ließ sich auf einen freien Platz fallen.

Als sich die *Tube* in Bewegung setzte, vergrub sie ihr Gesicht in den Händen. Sie musste sich vergewissern, dass Ethan lebte, dass es ihm gutging. Nicht auszudenken, wenn er in diesem Universum gar nicht existierte. War sie vielleicht in einem Traum gefangen oder lag sie im Koma?

Ausgeschlossen. Dafür fühlte sich alles zu real an. Ihre nasse Kleidung; die Kälte, die ihr langsam in die Knochen kroch; ihre Fingernägel, die sich in der Wohnung in ihre Handinnenflächen gegraben hatten.

Angespannt starrte sie auf den Fahrplan oberhalb der Tür. Noch drei Stationen. Dann würde sie Gewissheit haben. Bei der Vorstellung, dass es *ihren Ethan* möglicherweise gar nicht gab, wurde ihr ganz schlecht.

Für all das musste es eine rationale Erklärung geben.

An der *Canary Wharf Station* stieg sie aus. Zwischen den schick gekleideten Geschäftsleuten fühlte sie sich sofort unwohl. Ihr Pony klebte in nassen, schweren Strähnen an der Stirn; in ihren Gummistiefeln wirkte sie völlig deplatziert. Glücklicherweise hatte es aufgehört zu regnen, sodass sie wenigstens ihre Kapuze abnehmen konnte. Mit ein paar nervösen Handbewegungen versuchte sie, ihre Haare zu einer halbwegs akzeptablen Frisur zu formen. Sie rannte los, wurde langsamer, je näher sie Ethans Büro kam.

Vor dem großen Gebäudekomplex blieb sie abrupt stehen. Wenn sie jetzt eintrat, konnte es sein, dass danach nichts mehr so war wie bisher. Ein Lachen entfuhr ihr. Was machte sie sich eigentlich vor? Schon jetzt war ihr Leben nicht mehr so, wie sie es kannte – und liebte.

Verzweifelt ließ sie ihren Blick schweifen und – stutzte. Da, auf dem Bürgersteig stand er – Ethan! Um ein Schluchzen zu unterdrücken, schlug sie sich die Hand vor den Mund. Ein Gefühl der Erleichterung durchströmte sie. Ethan lebte und er sah unverschämt gut aus.

Das typische kleine Lächeln umspielte seine Lippen, während er sich dem Eingang des Bürokomplexes näherte. Sie hob die Hand, um auf sich aufmerksam zu machen. Doch als Ethans Blick sie kurz traf, wurde ihr schwindelig. Er hatte sie nicht erkannt. Nein, er *kannte* sie nicht. Ihr Mann hatte sie angesehen, wie man einen zufällig vorbeikommenden Fremden anschaut. Ihr Wunsch war also tatsächlich in Erfüllung gegangen. Eine Welle Übelkeit überkam sie bei dieser Erkenntnis und sie musste sich auf ihren Knien abstützen. Vornübergebeugt versuchte sie, ihre Gedanken zu ordnen, doch sie flogen in Fetzen in ihrem Kopf umher und waren nicht zu fassen. Ein braunes Schuhpaar trat in ihr Sichtfeld; sie wusste sofort, zu wem es gehörte.

„Ist alles in Ordnung mit Ihnen?"

Einerseits klang seine tiefe Stimme vertraut, andererseits schmerzte der distanzierte Ton beinahe körperlich. Wieso war er der Einzige, der sich um sie kümmerte? Weil er ein herzens- guter, mitfühlender Mensch war, der immer nur das Beste für alle wollte. So kannte sie ihn und deswegen liebte sie ihn. In diesem Augenblick wurde ihr etwas klar. In den letzten anderthalb Jahren hatte sie den *echten Ethan* ignoriert und nur noch schlechte Seiten an ihm gesehen.

Eine Hand strich ihr sanft über den Rücken. „Soll ich einen Arzt rufen?"

Endlich schaffte sie es, sich aufzurichten und ihn anzusehen. Seine blauen Augen strahlten Mitgefühl aus, der Geruch seines Aftershaves umgab sie. Wie gerne wäre sie ihm um den Hals gefallen. Doch stattdessen sagte sie: „Danke, es geht schon wieder. Mir war nur kurz schwindelig."

Er schien nicht überzeugt, seine Hand lag weiter auf ihrem Arm. „Sind Sie sicher?"

June bildete sich ein, die Wärme von Ethans Berührung durch ihren Anorak zu spüren. Rasch musterte sie seine Hand. An seinem Ringfinger funkelte ein geschmackvoller Ehering. Er hatte sein Herz einer anderen Frau geschenkt. Was hatte sie nur angerichtet? In was für einem grausamen Universum war sie gelandet? Durch einen Tränenschleier blickte sie ihn an. Wie sehr sie sich nach ihm sehnte!

Sein Griff verstärkte sich, seine Augen hingen an ihrem Gesicht. Fast hatte sie den Eindruck, als würde er sie wiedererkennen.

* * *

Doch er sagte nichts, blickte sie nur mit stummer Intensität an. Mit Bedauern, aber bestimmt, zog sie schließlich ihren Arm weg.

„Danke, mir geht es wirklich gut." Sie registrierte, dass er sie noch ein weiteres Mal ausgiebig begutachtete.

Dann zuckte er mit den Schultern. „Okay, alles Gute für Sie." Mit diesen Worten wandte er sich um und ging die Treppe hinauf. Nach der Hälfte drehte er sich noch mal um. „Das klingt jetzt vielleicht ein bisschen komisch, aber – kennen wir uns von irgendwoher? Ich werde das Gefühl nicht los, dass wir uns schon mal gesehen haben."

Lächelnd schüttelte sie den Kopf. „Wer weiß, vielleicht in einem anderen Leben."

Ethan lachte auf und June musste den Impuls unterdrücken, ihn anzuspringen und zu küssen.

„Dann hoffe ich, dass wir uns in dem anderen Leben über den Weg laufen", erwiderte er augenzwinkernd und drehte sich wieder um.

Sie sah ihm hinterher, als er durch die Eingangstür verschwand. Sie wollte ihn zurück – um jeden Preis. Ein Leben ohne ihn konnte sie sich nicht vorstellen. Zwei Stunden in einem Universum, in dem sie für Ethan eine Fremde war, fühlten sich bereits wie ein Albtraum an. Entschlossen ging sie zur *Underground Station* zurück.

* * *

Ängstlich blickte June in die sprudelnden Wassermassen. Wieder stand sie auf der Holzbrücke in den *Royal Botanic Gardens*. In der *Tube* hatte sie sich überlegt, dass sie nur an der Stelle ins Wasser springen musste, an der sie in dem anderen, im richtigen Universum, hineingefallen war. Danach würde alles wieder so sein wie vorher. Zumindest war dies die einzig logische Vorgehensweise, die ihr eingefallen war. Auf dem Weg hierher war sie von ihrem Vorhaben absolut überzeugt gewesen.

Beim Anblick der wild gewordenen Themse kamen ihr allerdings Zweifel. Wer sprang schon freiwillig in einen eiskalten Fluss? Keiner konnte ihr garantieren, dass sie danach noch lebte, geschweige denn wieder mit Ethan verheiratet war. Sie schluckte und schaute gen Himmel. Sie könnte nach Hause gehen, ein neues Leben führen und versuchen, Ethan zu vergessen.

Ob ihre Erinnerungen an ihn irgendwann verblassen würden? Bei dem Gedanken an sein strahlendes Lächeln überkam sie eine unbändige Sehnsucht und die Gewissheit, dass sie ihn niemals vergessen könnte.

Langsam kletterte sie über das Brückengeländer, setzte sich auf den Balken, ließ ihre Füße herunterbaumeln. Ihr Herz pochte wie verrückt. „Bitte, Ethan, sei auf der anderen Seite", flüsterte sie leise, bevor sie die Augen schloss und sich vom Geländer abstieß. Das Wasser verschlang ihren Körper wie ein hungriges Ungeheuer. Die Strömung zog sie in die Tiefe. Diesmal wehrte sie sich nicht gegen die Kräfte, die auf sie wirkten. Sie dachte an Ethan, gab sich dem Moment voll und ganz hin, so lange, bis ihr schwarz vor Augen wurde.

* * *

„June, sag was!"

Als sie ihren Namen hörte, öffnete sie die Augen. Erleichtert atmete sie aus, als ihr klar wurde, dass sie auf allen vieren auf der Brücke kauerte. Sie lebte.

„Verdammt, June, antworte mir!" Ethans Stimme.

Rasch griff sie nach ihrem Handy, das exakt an derselben Stelle lag wie im falschen Universum, und presste es sich ans Ohr. „Ethan?", hauchte sie.

Am anderen Ende erklang ein undefinierbares Geräusch. Es hörte sich an wie ein erleichtertes Seufzen. „O Gott, geht es dir gut? Du hast geschrien, als wäre sonst was passiert. Wo bist du? Ich komme sofort." Ethans aufgebrachte Stimme drang mitten in ihr Herz.

Über ihre Wange lief eine Träne, die sie entschlossen wegwischte. „Mir geht es gut. Es ist nichts. Ich bin im Park, du musst nicht herkommen", erwiderte sie, obwohl sie sich nichts mehr wünschte, als Ethan augenblicklich in die Arme zu schließen.

„Dann treffen wir uns gleich zu Hause. Ich muss dich jetzt sehen. Dieser Schrei, June!" Er machte eine kleine Pause. „Ich dachte, ich hätte dich verloren. Du kannst dir nicht vorstellen, wie sich das angefühlt hat."

Wäre es nicht so ernst, hätte sie vermutlich gelacht. „Doch, Ethan, das kann ich mir vorstellen. Was ich gerade gesagt habe, tut mir übrigens leid. Niemals würde ich mir so etwas wünschen." Sie schwor sich, von nun an für jeden Tag mit ihm dankbar zu sein.

„Ich weiß. Lass uns gleich in Ruhe über alles reden. Ich liebe dich, June."

„Und ich liebe dich, Ethan." Sie legte auf, rappelte sich hoch und warf einen letzten Blick auf den tosenden Fluss. Dann wandte sie sich kopfschüttelnd ab.

Ein Handel

von Hilga Höfkens

Der Ball traf mit einem harten Schlag seine rechte Schulter. Wie ein Blitz schoss der Schmerz in seinen Arm und zwang ihn, kurz die Augen zu schließen.

Schon seit einer Weile hatte er sie dabei beobachtet, wie sie immer wieder den Ball warf. Jedes Mal war der große braun-weiße Hund wie ein Wirbelwind losgeschossen, um ihn wieder zurückzubringen. Langsam war er weiter zum Bootsanleger gegangen, ohne Frau und Hund aus den Augen zu lassen.

Seit zwei Wochen ging er jeden Abend nach der Arbeit ein Stück am Kanal entlang. Von seinem Büro waren es nur wenige Schritte bis zur Wiese und dem asphaltierten Weg, der zum Spazieren einlud. Er versuchte, jedes Mal ein wenig weiter zu gehen, so weit wie er es mit den kaputten Beinen eben schaffen konnte.

Fast jeden Tag hatte er sie seitdem hier gesehen – von Weitem. Manchmal saß sie nur auf einer Bank und starrte auf das träge dahinfließende Wasser. Manchmal ging sie tief in Gedanken versunken den Weg entlang. Einmal war sie so dicht an ihm vorbeigelaufen, dass sie seinen Ärmel fast gestreift hatte. Wie es wohl wäre, mit ihr in einem Café zu sitzen und sich zwanglos zu unterhalten?

Früher hatte er keine Probleme damit gehabt, jemanden einfach so anzusprechen und einzuladen. Damals hatte er mit seinen Freunden Wetten abgeschlossen, ob er es unter einer halben Stunde bis zum ersten Kuss schaffen würde. Das war vor dem Unfall und schien inzwischen ein ganzes Leben zurückzuliegen.

* * *

Seit einiger Zeit sah sie ihn regelmäßig hier. Man konnte erkennen, dass jeder Schritt schmerzte, während er schwer auf den Stock gestützt den Weg zum Anleger entlanghumpelte. Trotzdem kam er jeden Tag und bei jedem Wetter. Sie bewunderte diese Kraft und Hartnäckigkeit. Sich einfach gegen den Schmerz stemmen und weitermachen – ihr gelang das nicht.

Seit dem Unfall auf der Autobahn war ihr ganzes Leben ein Trümmerhaufen. Sie hatte auf dem Beifahrersitz gesessen, ihr Mann war gefahren, ihr kleiner Sohn hatte hinten in der Babyschale selig geschlafen. Dann war im Bruchteil einer Sekunde das Unfassbare über sie hereingebrochen. Wieder lief die Szene vor ihrem inneren Auge ab.

Sie fuhren schnell. Rote Rücklichter tauchten im Nebel vor ihnen auf. Ihr Mann schaffte es mit einer Vollbremsung gerade noch rechtzeitig anzuhalten. Dann raste ein LKW ungebremst in das Heck ihres Wagens. Später wachte sie im Krankenhaus auf. Bis auf einige Prellungen war sie selbst unverletzt, aber ihr Mann und ihr Sohn waren tot.

Seit diesem Tag lebte sie nur noch mechanisch, wie ein Roboter. Sie funktionierte, meistens zumindest. Der Hund zwang sie, jeden Tag mehrmals nach draußen zu gehen. Das war gut so.

Auch nach fast zwei Jahren haderte sie immer noch damit, dass sie überlebt hatte. Besonders jetzt, so kurz vor dem Tag, an dem das Unglück sich zum zweiten Mal jährte. Warum musste sie sich weiter durch dieses sinnlose Leben quälen, während die Menschen, die sie liebte, auf der anderen Seite auf sie warteten?

* * *

Heute spielte sie mit dem Hund. Der Ball hatte ihn ausgerechnet an der Schulter getroffen, die durch die Benutzung seines Gehstockes ohnehin schon überlastet war. Der Schmerz war bis in seine Fingerspitzen geschossen und sein Arm fühlte sich an, als sei er versteinert. Als er die Augen wieder öffnete, stand sie dicht vor ihm, so dicht, dass er glaubte, einen Hauch ihres Parfums zu riechen. Sein Herz schlug schneller.

„Es tut mir sehr leid, ich habe nicht aufgepasst. Bitte entschuldigen Sie."

Während sie sprach, rieb sie vorsichtig den Sand ab, den der Ball auf seiner Jacke hinterlassen hatte. Die zarte Berührung an seiner Schulter ließ ihn den Atem anhalten, unwillkürlich wandte er seinen Kopf in ihre Richtung. Als ihr Finger sein Kinn streifte, spürte er die Wärme, und er konnte nur schwer den Drang unterdrücken, nach ihrer Hand zu fassen.

Mit einem Ruck drehte er sich weg. „Lassen Sie das!" Oh nein! Das wollte er doch gar nicht sagen. Verflixt.

„Natürlich, Entschuldigung, ich wollte Ihnen nicht zu nahe treten." Mit einem Seufzer wandte sie sich ab.

Der Hund hatte den Ball schon zurückgebracht, aber sie hob ihn nicht auf, um ihn noch einmal zu werfen. Stattdessen ging sie einige Schritte weiter zum Kanalufer und setzte sich dort auf eine Bank.

Sein Herz klopfte immer noch im Hals. Warum tat er so etwas? Warum hatte er nicht einfach ein zwangloses Gespräch begonnen und sie zu einem Kaffee eingeladen? Einfach – ha.

Schwer auf seinen Stock gestützt schlurfte er zum Bootsanleger. Er spürte ihren Blick in seinem Rücken. Was dachte sie wohl? Dass er ein unfreundlicher Blödmann war – natürlich.

Vorsichtig humpelte er auf dem feuchten Holz bis ganz nach vorne. Wenn er die Augen schloss, konnte er noch einmal ihren Duft riechen und ihre Hand an seiner Schulter spüren. Er schluckte hart, wieder fühlte er, wie sein Herzschlag sich beschleunigte.

Er sollte sofort zurückgehen und sich entschuldigen. Vielleicht bekam er eine zweite Chance, eine Chance, einen Kaffee mit ihr zu trinken, sie kennenzulernen. Der verrückte Wunsch, zwanglos mit einer interessanten Frau einen Kaffee zu trinken, schnürte seinen Hals noch weiter zu und er schluckte wieder.

Seine Augen folgten einem Motorboot, das vorbeischoss. Die Bugwelle schwappte nach wenigen Augenblicken über den Anleger. Erschrocken wollte er einen Schritt zurücktreten, als sein Stock auf dem nassen Holz wegrutschte. Dann kippte er wie in Zeitlupe nach vorne. Mit beiden Händen griff er hastig nach dem Steg, aber die nassen Planken glitten ihm durch die Finger, ohne seinen Sturz zu bremsen. Sein Blick fing sich an der Frau, die aufgesprungen war und auf ihn zu rannte.

Im nächsten Moment tauchte er in das eisige Wasser. In der Kälte verkrampfte sich sein gesamter Körper, er sank wie ein Stein. Nach einer Schrecksekunde hatte er sich wieder unter Kontrolle und versuchte, nach oben zu schwimmen. Seine Gedanken rasten. Seine Arme und Beine ruderten wie wild, aber er kam der Wasseroberfläche nicht näher. Etwas hielt ihn am Rücken fest.

Erst nach einigen endlosen Augenblicken wurde ihm klar, dass seine Jacke sich irgendwie an den Stützen des Anlegers verhakt hatte. Er musste sie loswerden, aber die Spannung im Stoff zog seine Arme nach hinten und es war ihm unmöglich den Reißverschluss aufzuziehen. Verzweifelt kämpfend sah er hoch zur rettenden Wasseroberfläche. Sein Körper schrie nach Sauerstoff. Er spürte, wie seine Muskeln wieder verkrampften und seine Bewegungen schwächer wurden. Während er alles bei vollem Bewusstsein wahrnahm, erstarrte sein Körper in der Kälte.

In diesem Augenblick schäumte das Wasser vor ihm auf, er spürte Hände auf seinen Schultern. Als die Luftblasen verschwanden, sah er ihr Gesicht direkt vor sich.

Er hörte Stimmen, vielleicht waren sie auch nur in seinem Kopf.

Lass ihn gehen.

NEIN, ER GEHÖRT MIR.

Ein Leben für ein Leben. Ein Tausch. Lass ihn gehen.

WARUM?

Er hat so viel Kraft und einen unbändigen Willen. Lass ihm sein Leben.

DU WILLST MIT MIR FEILSCHEN?

Ein Tausch.

Unvermittelt riss sie ihren Blick von seinem los und begann, seine Jacke zu öffnen. Als der Reißverschluss nachgab, fasste sie unter seine Arme und zog ihn nach oben.

Keuchend atmeten sie ein, als sie durch die Wasseroberfläche brachen. Die starke Strömung hatte sie schon einige Meter abgetrieben. Eine Welle schlug ihm ins Gesicht. Hustend schnappte er nach Luft, während er versuchte, den Kopf über Wasser zu halten. Ihr Gesicht war direkt neben seinem Kopf.

„Ich bringe Sie zum Ufer", keuchte sie, „aber Sie müssen schon stillhalten." Immer noch hielt sie ihn wie in einer Umarmung fest und er schaffte es, verkrampft zu nicken.

Mit einem geübten Griff drehte sie ihn herum und zog ihn mit sich. Noch immer nach Luft schnappend versuchte er, seine steifen Bewegungen besser zu kontrollieren. Seine Lunge brannte, seine Arme und Beine waren taub und schwer. Die Spundwand des Kanals näherte sich nur langsam.

Als sie die Wand fast erreicht hatten, ließ sie ihn auf einer Seite los. Mit einem Ruck stoppte das Treiben in der Strömung, als sie die rostigen Metallstufen packte, aber dann glitt ihr Arm an seinem Rücken ab. Sofort griff sie nach seinem Kragen, verfehlte ihn aber.

Er warf beide Arme nach vorne, bekam ihre Hand zu fassen und klammerte sich daran fest. Stöhnend hielt sie sich auf einer Seite an der Leiter fest, während ihre andere Hand seinen Unterarm fasste.

Er sah, dass sie erschöpft die Augen schloss und wollte schreien: *Nein, nicht aufgeben!* Doch eine Welle schwappte in sein Gesicht, nur ein gurgelndes Husten kam hervor. Die Strömung zerrte an ihm, aber sie hielt ihn fest. Mit einer verzweifelten Anstrengung zog er sich an ihrem Arm voran, bekam mit beiden Händen das raue Metall der Leiter zu fassen und krampfte seine Finger darum.

„Halten!", keuchte sie und starrte in sein Gesicht, als wollte sie ihn mit ihrem Blick festnageln.

Er nickte wortlos und presste sich, so gut er konnte, an die Leiter. Mit einem Seufzen schloss sie wieder die Augen und er spürte, wie ihr Griff sich lockerte. Ihr Arm glitt kraftlos an seiner Schulter ab. Wie paralysiert starrte er auf ihre Hand, die langsam an der Leiter hinunterrutschte.

„Nein!", japste er und griff nach ihr. Kurz spürte er den Stoff ihres Ärmels, dann fuhr seine Hand ins Leere.

Über ihm beugten sich Menschen herunter und zogen ihn an der Leiter hoch, während er verzweifelt versuchte, seinen Kopf wieder zum Wasser zu drehen.

Als er auf der Uferböschung saß, sprach ihn ein Sanitäter an, aber er antwortete nicht. Seine Augen folgten ihrem Körper, der immer schneller wegtrieb. Wie versteinert beobachtete er zwei Personen, die vom Anleger der Tauchschule ins Wasser sprangen. Kurz darauf zogen sie ihre reglose Gestalt aus dem Kanal. Dann nahmen ihn zwei Leute in die Mitte, hüllten ihn in eine knisternde silberne Folie und schleppten ihn zum

Rettungswagen. Ihm kamen die Stimmen wieder in den Sinn. Die beiden hatten gestritten. Um Leben? Seines und ihres? War das jetzt der Tausch? Hatte sie das so gewollt?

Jemand drückte ihn in einen Sitz und schnallte ihn an. Im nächsten Augenblick wurde die Trage mit ihrem reglosen Körper in den Wagen geschoben. Die Sanitäter sprangen ins Auto. Mit heulender Sirene startete der Wagen, rumpelte in Richtung Straße. Von seinem Sitz aus konnte er nur ihre nasse Jeans sehen. Betäubt starrte er auf die Wassertropfen, die vom Ende der Trage fielen, um dann auf dem Boden zu zerplatzen.

Die Sanitäter bewegten sich in routinierter Betriebsamkeit, ohne dass er verstand, was sie taten.

Satzfetzen drangen zwischen dem Jaulen von Geräten an seine Ohren: „Ein Milligramm Adrenalin ... Hände weg ... Schock ... Noch nichts? ... Nein, noch mal ..."

Er ließ den Kopf gegen die Lehne seines Sessels sinken und schloss die Augen. Seit seiner Kindheit hatte er nicht gebetet. Es würde sich seltsam anfühlen, aber er musste irgendwen um ihr Leben bitten. Seine Kehle war wie zugeschnürt, er war unfähig zu sprechen. In Gedanken ging er jedes Gebet durch, an das er sich erinnern konnte.

Irgendwann piepste das Gerät in regelmäßigen Stößen. Die Sanitäter entspannten sich sichtlich. Er wollte sich zu ihr drehen, doch der Gurt hielt ihn fest. Schließlich schaffte er es, einen Arm auf die Trage zu heben und seine Hand auf ihre zu legen. Ihre Kleidung war genauso nass und eiskalt wie seine Finger, doch er spürte ihre Wärme.

Sie erreichten das Krankenhaus, eilig wurde die Trage weggeschoben. Er wollte sie begleiten, doch sein steifgefrorener Körper gehorchte ihm nicht. So saß er nur da, während sie weggebracht wurde.

„Wo bringen Sie die Frau hin?" Seine eigene Stimme hörte sich fremd und kratzig an.

Einer der Sanitäter zog ihn hoch, ein anderer drückte ihm einen Rollstuhl in die Kniekehlen.

„Intensiv", antwortete sein Gegenüber knapp und verschwand dann ebenfalls durch die milchige Glastür.

Wie im Nebel ließ er die Aufnahmeprozedur über sich ergehen. Etwas später fand er sich in einem Bett wieder. Irgendwie hatten sie sogar einen altmodischen Schlafanzug und einen viel zu engen Bademantel für ihn organisiert. Eine Krücke stand neben dem Bett, auf dem kleinen Tisch an der Wand dudelte ein Radio. Das Lied handelte von geschenktem Leben. Während er lauschte, beschleunigte sich sein Herzschlag.

Sie hatte ihm das Leben gerettet. Wo war sie jetzt? Hatte sie es geschafft? Eine innere Unruhe zwang ihn, sich auf die Suche zu machen. Schwerfällig kroch er aus dem Bett und schlich zum Aufzug. Als er endlich die Intensivstation gefunden hatte, ließ die Schwester ihn nicht hinein. Verzweifelt erklärte er, was passiert war und nach einiger Diskussion schien sie endlich zu verstehen, was er wollte.

Da stand er nun, neben ihrem Bett, in diesem sterilen Raum mit den Kabeln und den piepsenden Geräten, die ihre Vitalfunktionen überwachten.

Blass und völlig regungslos lag sie mit geschlossenen Augen unter der weißen Decke. Die gleichmäßigen Zacken auf dem Monitor bewiesen ihm, dass ihr Herz noch immer schlug.

Warum hatte sie das nur getan? Sie hatte sich selbst in Gefahr gebracht. Tränen stiegen ihm in die Augen, als er an die furchtbaren Momente dachte. Er war so sicher gewesen, dass sie es nicht geschafft hatte, bis das Gerät im Krankenwagen piepste. Immer noch konnte er es kaum fassen und starrte ungläubig auf ihr schmales, bleiches Gesicht.

Nach einer Weile zog er einen Stuhl ganz dicht an ihr Bett, setzte sich, stützte den Ellbogen auf ihre Decke und legte den Kopf in seine Hand. Leise summte er das Lied über das Leben, das vorhin im Radio gelaufen war. Der Ohrwurm hatte sich in seinem Kopf festgesetzt.

Ihre Lider flatterten ein wenig. Sie öffnete die Augen und blickte an die Decke, ohne ihn zu bemerken. Und dann hörte er sie wieder, die Stimmen in seinem Kopf.

Warum bin ich noch hier?

BIST DU NICHT FROH DARÜBER, DAS DU NOCH DA BIST?

Nein.

DAS SOLLTEST DU ABER. ICH KOMME NOCH FRÜH GENUG ZU DIR.

Du hast sie alle genommen, warum nicht mich? Es ist zu schwer, allein zurückzubleiben.

DAS IST LANGE HER. LEBE WEITER. DU KANNST NEUE LIEBE FINDEN.

Ach, bist du jetzt auch noch Amor?

ICH BIN ALLE UND DAS WEISST DU.

Warum hast du ihn auch genommen?

HABE ICH NICHT. ER LEBT.

„Danke."

Hatte sich das wirklich in seinem Kopf abgespielt. Zumindest das letzte Wort hatte sie laut gesagt.

Langsam drehte sie den Kopf zur Seite. Als ihre Blicke sich trafen, lächelte sie. Das war das wunderbarste und wärmste Lächeln, es bohrte sich wie eine Flamme tief in seine Mitte. Hastig griff er nach ihren kühlen Fingern und hielt sie fest. Sein Kopf war leer gefegt, wortlos sah er in ihre lichtblauen Augen.

Sie drückte seine Hand und flüsterte: „Wir sollten mal zusammen einen Kaffee trinken."

Seerosen pflückt man nicht

von Utta Kaiser-Plessow

„He, pass doch auf! Volltrottel." Klara steht in der Mensa im Gedränge vor der Essensausgabe. Verärgert betrachtet sie den Ärmel ihrer weißen Bluse. Dort breitet sich ein roter Fleck aus – kein Blut, sondern Tomatensoße. Der junge Mann vor ihr hat gerade seinen Teller abgeholt, sich umgedreht und sie angerempelt. Hastig schiebt er mit der Gabel die Spaghetti zurück in die Tellermitte.

„Tut mir entsetzlich leid. Mich hat wohl jemand von hinten geschubst." Zerknirscht sieht er Klara an. „Natürlich wasche ich deine Bluse. Mein Name ist übrigens Sebastian, nicht Volltrottel."

Er strahlt sie an. Seine Augen sind braun mit goldenen Fünkchen in der Iris. Sie schluckt ihren Ärger hinunter und spürt, dass sie rot wird.

Verlegen hält sie sich krampfhaft an ihrem Tablett fest und murmelt: „Nicht nötig."

„Keine Sorge, ich kann das, ich werde nichts verderben. Sonst bekommst du eine neue Bluse. Versprochen. Das wäre dann ein Fall für meine Haftpflichtversicherung."

Klara weiß nicht, wie sie sich verhalten soll. Auf sein Angebot eingehen? Und dann?

„Ich verspreche dir, übermorgen hast du deine Bluse schneeweiß gewaschen und frisch gebügelt zurück."

Verblüfft starrt sie ihn an. So jemand ist ihr noch nie begegnet. Zwar ist sie skeptisch – aber der Typ gefällt ihr irgendwie. Dieser treuherzige Welpenblick! Jetzt pustet er sich eine dunkelblonde Strähne aus der Stirn. *Klara, aufpassen!*, ermahnt sie sich. *Nicht gleich dahinschmelzen.*

„Bitte, lass mich den Schaden wiedergutmachen." Es klingt drängend, schmeichelnd. „Würdest du mir beim Essen Gesellschaft leisten?"

Unwillkürlich nickt sie. „Okay, einverstanden."

Sebastian findet einen Tisch am Fenster. Nach dem Essen geht Klara zur Toilette und zieht ihre Bluse aus – kein Problem. Da es am Morgen frisch war, hat sie ein T-Shirt untergezogen. Das bewährt sich jetzt. Sie gibt Sebastian die Bluse und verabredet sich mit ihm für den übernächsten Tag im Café *Zum glücklichen Elefanten*, einem beliebten Studententreffpunkt.

Sie ist gespannt, obwohl sie nicht viel erwartet. Insgeheim hat sie die Bluse schon abgeschrieben. Aber sie will Sebastian wiedersehen und freut sich auf das Treffen.

* * *

Zwanzig Minuten vor der verabredeten Zeit sitzt Klara im Café. Zwei Minuten später steht Sebastian in der Tür. Auch er ist deutlich zu früh. Lächelnd steuert er auf sie zu. Die Bluse hat er in einer Tragetasche aus Papier mitgebracht. *Auch noch umweltbewusst*, denkt sie. *Das wird ja immer besser.*

Es ist, als würden sie sich schon ewig kennen. Sie sprechen über das Studium, ihre Hoffnungen und Zukunftspläne. Sebastian möchte in einer Kleinstadtapotheke arbeiten, in der Naturheilkunde eine Rolle spielt. Klara ist sehr angetan, sie schwört auf Naturheilkunde. Schließlich verrät sie ihm, dass es ihr Traum ist, an einer Waldorfschule zu unterrichten.

Sie erzählen sich von ihrer Kindheit und ihren Familien, reden über ihre Wünsche und Ideen. Klara freut sich, denn sie mögen dieselben Filme, lesen dieselben Autoren und bevorzugen klassische Musik. Fast ist es ihr ein wenig unheimlich, wie sehr sie übereinstimmen. Gibt es das wirklich?

Vier Stunden hocken sie beieinander, reden und schauen sich in die Augen. Dann umarmen sie sich und verabschieden sich wie alte Freunde.

Sebastian drückt ihr die Tüte in die Hand. „Nimm die Bluse erst zu Hause heraus, sonst knittert sie", sagt er zum Abschied.

* * *

In ihrer Wohnung angekommen holt Klara einen Kleiderbügel aus dem Schrank und packt die Bluse aus. Akkurat gefaltet, schneeweiß und perfekt gebügelt. *Woher kann er das?*, überlegt sie. Unten in der Tüte liegt ein rotes Marzipanherz. Daran hängt ein Zettel: *Stellvertretend, S.* Vor Rührung bekommt sie feuchte Augen. Er schenkt ihr sein Herz.

Ich glaube ich bin verliebt, sagt sie sich im Stillen. *Die Symptome sind eindeutig. Rührung, feuchte Augen, Herzklopfen, wenn ich nur an ihn denke. Aber auch ich bin ihm wohl nicht ganz gleichgültig. Das beweist dieses Marzipanherz, das ich niemals essen, sondern für immer aufheben werde.*

* * *

Dann geht alles sehr schnell. Sie wollen zusammenbleiben, planen eine gemeinsame Zukunft. Beide sind im letzten

Studienjahr. Sie sind sich einig, dass sie sich zuerst auf die Abschlussprüfungen konzentrieren. Schließlich haben sie lange darauf hingearbeitet. Es wäre schade, in der Schlussphase das Ergebnis zu gefährden. Für ihre Liebe haben sie noch das ganze Leben vor sich. Deshalb bleibt auch jeder in der eigenen Wohnung. Bewusst verzichten sie darauf, miteinander zu schlafen. Es soll ein besonderes Fest werden, nach den Prüfungen – bald.

* * *

Geschafft.

Die Zeit des Lernens, der Strapazen, der Prüfungsängste und des Verzichts ist vorbei.

An einem strahlenden Junimorgen schieben sie ihre Fahrräder mit vollgepackten Satteltaschen in die Regionalbahn und fahren zwei Stunden bis Waldhausen. Dann radeln sie vier Stunden gemütlich durch die wunderschöne Landschaft nach Vorderwald. Der Radweg führt abseits der Straße über menschenleere Wege. In Vorderwald haben sie in einer netten, kleinen Pension ein Zimmer mit Frühstück gemietet für zehn Tage.

Klara kann ihr Glück kaum fassen. Allein mit Sebastian. Nur sie beide. Sebastian und Klara, Klara und Sebastian. Die ersten beiden Tage leben sie ausschließlich ihrer Liebe. Die Welt könnte nicht schöner sein. Am dritten Tag machen sie sich auf, die Gegend zu erkunden. Nicht weit entfernt entdecken sie im Wald einen lauschigen, geheimnisvollen See. Das Wasser ist frisch, aber nicht zu kalt. Wie übermütige Kinder schwimmen und planschen sie herum.

Weil es so heiß ist in diesem Sommer, endet jede ihrer Radtouren am See.

* * *

Am vorletzten Tag ihres Urlaubs stehen sie am Seeufer und genießen den Blick auf das in der Sonne glitzernde Wasser.

„Unser Privatstrand, großer Luxus, wie im Kino", sagt Klara. „Ist es nicht eigenartig, dass wir nie andere Menschen treffen?"

„Ja, außer uns scheint niemand den See zu kennen", stimmt Sebastian ihr zu. Dann stutzt er und geht einige Schritte ins Schilf. Offensichtlich hat er etwas entdeckt. Sie folgt ihm. Vor ihnen liegt, abgedeckt mit einer Plane, ein Kahn.

„Sieh nur", meint er. „Der scheint gut in Schuss, zwei Ruder liegen drin. Damit fahren wir ein bisschen auf den See hinaus."

Ob das in Ordnung ist?, überlegt sie. Ihr ist nicht wohl bei dem Gedanken. „Das Boot gehört uns nicht", sagt sie.

„Macht doch nichts", erwidert er. „Wir leihen es uns aus und bringen es unbeschädigt zurück."

Nur wenig später liegt Klara im Heck und schaut träumerisch in den blauen Himmel. So fühlt sich Glück an. Sebastian kann gut rudern. Mit langen gleichmäßigen Schlägen bringt er das Boot in die Mitte des Sees. „Schau, die Seerosen dort drüben", ruft er. „Sind die nicht schön?"

Zielstrebig rudert er zu der Insel aus grünen Blättern, zwischen denen strahlend weiß handtellergroße Blüten leuchten. Er zieht die Ruder ein, lehnt sich über die Bootswand, pflückt zwei Blüten und legt sie ihr in den Schoss. „Die sind so schön wie du. Wenn wir heiraten, bekommst du von mir einen Brautstrauß aus Seerosen." Lächelnd beugt er sich erneut zum

Wasser hinab und greift nach einer besonders schönen Blüte. Schneeweiß ist sie, mit roten Rändern.

Im nächsten Moment schießen zwei grüne schlangengleiche Arme aus dem Wasser empor, legen sich um seine Schulter und ziehen ihn blitzschnell in die Tiefe.

Für einen Augenblick ist Klara wie gelähmt. Dann schreit sie: „Sebastian, Sebastian", klammert sich an den Bootsrand und starrt hinab. Nichts – nicht die kleinste Welle kräuselt die Oberfläche. Alles ist ruhig, als wäre nichts geschehen.

Verzweifelt stochert sie mit dem Ruder im Wasser, späht immer wieder hinunter. Außer der Spiegelung des Himmels und der Bäume vom Ufer ist nichts zu sehen. Ihre Gedanken überschlagen sich. Was soll sie tun? Hinterher springen, um ihn zu suchen? Die Tiefe ist unergründlich, sie kann nicht tauchen. Eiskalt ist ihr und sie zittert am ganzen Körper. *Ruhig, ganz ruhig*, ermahnt sie sich. *Ich brauche einen klaren Kopf.*

Unter Aufbietung aller Kräfte rudert sie, so schnell sie kann, zum Ufer und rast mit dem Fahrrad zurück in den Ort.

„Hilfe, Hilfe", schreit sie und stürmt in die Polizeistation. Stoßweise atmend und kurz vor dem Zusammenbruch gelingt es ihr, sich verständlich zu machen. „Sebastian ... See ... über Bord ... bei den Seerosen ..."

Ein älterer Polizist telefoniert, eine Polizistin spricht beruhigend auf sie ein. „Wir kümmern uns darum und fahren sofort zum See. Die Feuerwehr ist alarmiert."

Völlig verstört sitzt Klara wenig später am Ufer und beobachtet die Rettungsmaßnahmen, die bis zum Einbruch der Dunkelheit andauern.

Immer wieder, drei Tage lang, wird der See abgesucht. Von Booten aus wird der Grund mit langen Stangen und Netzen durchforscht. Zwei Taucher vom örtlichen Schwimmverein sind viele Stunden im Einsatz. Auch sie finden nicht die geringste Spur.

„Die Wasserfrau hat ihn geholt", erklärt ihre Wirtin, als Klara sich verabschiedet. „Sie mag es nicht, wenn jemand ihre Seerosen pflückt."

Unsinn, denkt Klara. *Es gibt keine Wasserfrauen.* Doch wo ist Sebastian? Zutiefst verzweifelt reist sie ab – ohne ihn.

* * *

Zwei Monate später bekommt Klara im Nachbarort Hinterwald eine Stelle als Lehrerin. Sie mietet eine Zweizimmerwohnung in unmittelbarer Nähe der Schule. Die Wege sind kurz, sie benötigt kein Auto, mit dem Fahrrad kommt sie überall hin. So oft wie möglich fährt sie zu dem Waldsee. Bei gutem Wetter sitzt sie stundenlang am Ufer, liest, bereitet ihren Unterricht vor, korrigiert Schulhefte. Hier fühlt sie sich Sebastian nahe. Wenn sie im See schwimmt, spürt sie seine Gegenwart, fühlt seine Hände auf ihrem Körper. Schaut sie lange genug in die unergründliche Tiefe, glaubt sie, sein Gesicht zu sehen, bleich, die Augen geschlossen, umweht von seinen Haaren. Aber es ist wohl nur der Widerschein der Sonne auf dem Wasser, der ihr trügerische Bilder vorgaukelt, Bilder, hervorgerufen von ihrer Sehnsucht und ihrem Verlangen.

Die Zeit vergeht. Seit über zwei Jahren wohnt Klara in Hinterwald. Bei ihren Schülern ist sie beliebt, die Kollegen schätzen sie. Sie lebt zurückgezogen und fühlt sich oft einsam.

Der Schmerz um den Verlust ihrer Liebe hält ihr Herz gefangen. Die Einzige, mit der sie sich etwas anfreundet, ist Sabine, die im Ort die städtische Bücherei leitet. Klara lernte sie näher kennen, als sie für den Unterricht mittelalterliche Gedichte suchte.

Als Dank für die Hilfe lud Klara Sabine in die Pizzeria ein. Seitdem gehen sie ab und zu gemeinsam essen.

* * *

An einem lauen Sommerabend sitzen Klara und Sabine im Biergarten. Ein junger Bursche spielt bekannte Schlager auf einem Akkordeon. Alle singen fröhlich mit, nur Klara bleibt stumm. Sie denkt an Sebastian. Er fehlt ihr immer noch. Schließlich kann sie sich nicht beherrschen und fängt an zu weinen.

Sabine reagiert bestürzt. „Was ist? Habe ich dich gekränkt?"

„Überhaupt nicht." Sie schüttelt den Kopf. „Ich habe nur gerade an Sebastian gedacht."

„Muss ich den kennen?", fragt Sabine.

Da erzählt sie alles, die ganze traurige Geschichte, die sich vor fast drei Jahren im Nachbarort abgespielt hat. Sabine nimmt sie in den Arm, klopft ihr tröstend den Rücken und wartet, bis sie sich beruhigt hat.

Klara wischt die Tränen ab, putzt sich die Nase und nimmt einen Schluck Bier. „Ich glaube ja nicht an den Blödsinn von der Wasserfrau, aber andererseits …! Sebastian kann sich doch nicht in Luft aufgelöst haben. Hast du schon mal von dieser Wasserfrau gehört?"

„Die kommt in Kindergeschichten vor. Auf jeden Fall ist dieser See irgendwie verrufen. Keiner badet dort. Obwohl er der Mär nach für Frauen und Mädchen völlig ungefährlich sein soll. Die Wasserfrau hat es nur auf schöne Jünglinge abgesehen. In meiner Jugendzeit ist mal ein Angler verschwunden. Ich wundere mich, dass ich von der Geschichte mit Sebastian nichts mitbekommen habe."

* * *

Einige Wochen später ruft Sabine an: „Komm mal rüber in die Bibliothek. Ich habe beim Aufräumen einige steinalte Bücher gefunden, auch eine Chronik aus der Gegend. Lässt sich kaum entziffern, aber da steht was von der Wasserfrau."

Nach der Schule eilt Klara in die Bücherei. Auf Sabines Schreibtisch liegt ein dicker, vergilbter Band.

Mühsam arbeiten sie sich durch die halb in Altdeutsch, halb in Latein abgefasste Geschichte. Was sie nicht übersetzen können, reimen sie sich zusammen.

Seit mehreren hundert Jahren haust im Waldsee eine Wasserhexe. Sie zieht junge Burschen in die Tiefe und ernährt sich von ihrem Blut. Die Opfer der Hexe vegetieren zunächst in einer Zwischenwelt, nicht tot, nicht lebendig. Am Ende zerfallen sie und düngen die Seerosen ihrer Peinigerin. Zuvor dürfen sie noch einmal für eine halbe Stunde an Land, um sich von der Menschenwelt und dem Blau des Himmels zu verabschieden. Nach drei Jahren tauchen sie zur Sommersonnenwende um Mitternacht an der Stelle, an der die Hexe sie in die Tiefe gezogen hat, aus dem Wasser auf und betreten das Ufer. Danach vergehen sie.

In dem Buch findet sich auch eine Illustration mit Seerosen und einer auf dem Wasser schwimmenden Jünglingsgestalt. Darunter steht in verschnörkelter Schreibschrift: *Liebchens warmes Blut tut bleichen Schatten gut. Willst du ihn erlösen, musst du Blut einflößen.*

„Meine Güte, eine richtige Dracula-Story", stöhnt Sabine. „Reiner Horror, wer glaubt denn so was?"

„Ganz schön spannend", meint Klara. Dann überlegt sie: *Sommersonnenwende, der 21. Juni, das ist in zwei Wochen. Vor drei Jahren ist Sebastian verschwunden. Das passt.*

* * *

Sonnenwende wird in Hinterwald immer groß gefeiert. Ein Feuer, um das alle herumtanzen, Musik, Hamburger, Grillwürstchen, Stockbrot, Bier und Wein. Zusammen mit Sabine stürzt sich Klara in das fröhliche Getümmel, nicht ohne zwischendurch immer wieder verstohlen auf ihre Uhr zu schauen.

Um halb zwölf schleicht sie sich aus dem Kreis der Tanzenden, schwingt sich auf ihr Fahrrad und fährt davon. Es ist Vollmond, sie kann den Weg gut erkennen. Außer Atem erreicht sie das Seeufer. Ihre Uhr zeigt zehn Minuten vor zwölf. Sie lehnt das Fahrrad an einen Baum, setzt sich in den Sand und legt ihr Messer neben sich.

Unheimlich still ist es. Kein Laut ist zu hören. Keine Vögel, keine Grillen, keine quakenden Frösche – nichts. Nur Stille – spannungsvolle, vibrierende Stille. Der Mond taucht die Oberfläche des Sees in fahlgelbes Licht.

Gleich Mitternacht.

Sie schaudert, glaubt das Rauschen ihres Blutes in den Ohren zu hören. Von Ferne tönen die Schläge der Kirchturmuhr: eins, zwei, drei ... zwölf. Beim letzten Glockenschlag kräuseln sich Wellen. Ihr wird eiskalt, sie fröstelt, wagt kaum zu atmen. Dem Wasser entsteigt eine durchsichtige Gestalt, die langsam zum Ufer schwebt.

„Sebastian!" Ihr versagt die Stimme, sie bringt nur ein heiseres Krächzen heraus. „Sebastian!"

Zitternd steht sie auf, geht die wenigen Schritte zu der Stelle, wo der Schemen über dem Wasser hängt, und streckt die Hand aus. Es fühlt sich an, als greife sie in Spinnweben. Doch sie hält den Schatten fest, zieht ihn zu sich und lässt sich zu Boden sinken. Mit der rechten Hand packt sie das Messer und stößt es in die Pulsader an ihrem linken Handgelenk. Ein kurzer länglicher Schnitt, schon sprudelt das Blut. Obwohl in dem Buch nichts dazu stand, weiß sie genau, was sie tun muss. Angelehnt am Baum, halb sitzend, halb liegend, zieht sie Sebastians Schatten näher an sich heran und drückt das blutende Handgelenk auf seine Lippen.

Es scheint eine Ewigkeit zu vergehen, dann bewegt sich die Gestalt in ihren Armen. Sie hört ihn schlucken; spürt sein Saugen erst schwach, dann stärker. Zufrieden lächelnd lauscht sie Sebastians Schmatzen. Sie hat das Gefühl zu schweben. Schließlich versinkt sie.

* * *

Mühsam taucht Klara aus dem Dunkel empor, dämmert wieder weg. Dann registriert sie, dass sie unter einer warmen Decke auf einer weichen Unterlage liegt. Ihr linker Arm pocht, schmerzt. Sie öffnet die Augen, blinzelt. Ein Krankenhausbett. Eine Hand streicht über ihre Stirn, eine Stimme flüstert an ihrem Ohr. Seine Stimme!

Schlagartig erinnert sie sich, will sich aufsetzen, merkt, wie schwach sie ist und sinkt zurück aufs Kissen. Sie verliert sich in seinen braunen Augen. Er beugt sich über sie und drückt sanft seine Lippen auf ihre Stirn.

„Du hast sehr viel Blut verloren und musst dich ausruhen. Sabine hat dich – uns – gefunden. Nach dem Sonnwendfeuer hat sie dich vermisst. Da fiel ihr die Geschichte aus der Chronik ein. Schlaf jetzt, mein Liebes, alles ist gut."

Dunkelherz

von Monika Kühn

Seine Mutter war die Treppe hinuntergestürzt. Sven sah in ihre starren Augen. Die schmalen Lippen waren geöffnet, die Mundwinkel noch weiter nach unten gezogen. Kein Röcheln, kein Atem. Endlich! Endlich war sie tot, seine Mutter, die ihn nie geliebt hatte. Als Kind hatte er das Märchen vom Kalten Herzen gehört und sich gefragt, ob das seiner Mutter wohl auch aus Stein sei.

Zur Beerdigung kamen nur einige Nachbarn und Bekannte. Der Pfarrer sprach von schweren Jahren, in denen die Mutter allein ihren Sohn versorgen musste. Eine strenge Mutter, aber zum Wohl ihres Sohnes. Angewidert verzog Sven das Gesicht. Zum Wohl des Sohnes! Sie hatte ihn im Keller eingesperrt. Er erinnerte sich genau.

* * *

Es war stockdunkel und kalt. Es raschelte und fiepte, manchmal huschte etwas Haariges über seine nackten Arme. Er schrie und schlug um sich. Seine Angst und sein Ekel waren unbeschreiblich. Das Jammern rührte seine Mutter nicht.

„Das muss sein", sagte sie, „du bist selbst schuld, weil du böse warst."

Und wenn sie ihn aus dem Keller holte, musste er sagen: „Ich weiß, du meinst es nur gut mit mir."

Einmal weigerte er sich. Da schrie sie ihn an und drohte, ihn in den Backofen zu stecken, wie die Hexe im Märchen.

Als die Beerdigung vorbei war, packte er ihre persönlichen Sachen in Plastiksäcke und brachte sie zur Mülldeponie. Dann kündigte er die Wohnung und zog in die nächste Stadt, nach Kiel. Endlich war er frei! Mehrmals hatte er versucht auszuziehen, immer hatte die Mutter seine Pläne vereitelt. Obwohl sie ihn hasste, wollte sie nicht allein leben. Schließlich hatte sie einen Suizidversuch unternommen. Die Dosis der Tabletten war nicht tödlich gewesen, aber Sven hatte sich verpflichtet gefühlt, bei ihr zu bleiben. So kam es, dass er mit siebenunddreißig Jahren noch immer keine feste Freundin hatte, trotz seines guten Aussehens: groß, braune Augen, dunkle Locken.

Jetzt konnte er sich endlich darum kümmern, ein Mädchen kennenzulernen, nicht nur für eine kurze Liebschaft. Ob blond oder schwarz, das war ihm egal, aber er wollte unbedingt eine Frau mit Herz.

* * *

Sven traf Anja bei einem Konzert. Dabei hatte er ein bisschen nachgeholfen. Im Vorverkauf hatte er zwei Karten besorgt, um eine davon vor der Vorstellung anzubieten. Bei Konzerten des Schleswig-Holstein-Musik-Festivals gab es immer Leute, die noch nach Karten anstanden. Verstohlen musterte er die Wartenden. Als er Anja sah – feine Gesichtszüge, rotblonde Locken – ging er auf sie zu und bot ihr die Karte an.

Mit einem Lächeln gab sie ihm das Geld und sagte: „Das ist aber schön, dass ich noch eine Karte bekomme."

„Mein Bekannter ist plötzlich krank geworden", erwiderte er.

„Hoffentlich geht es ihm bald besser. Aber wie sagt man: *Des einen Leid ist des andern Freud*."

„Ja, das passt. Ach, darf ich mich vorstellen? Sven Kruse."

Sie reichte ihm die Hand. „Anja – Anja Sabinski."

„Das ist kein norddeutscher Name."

„Nein, ich komme aus Essen. Heute bin ich zum ersten Mal in Kiel beim Holstein-Festival."

Da die Plätze nummeriert waren, saßen sie nebeneinander. Es gab ein Klavierkonzert mit einer bekannten Pianistin. Hin und wieder blickte er Anja verstohlen von der Seite an.

In der Pause holte er Prosecco und unterhielt sich mit ihr. Dann spielte das Orchester ein Sinfoniekonzert, mit großer Besetzung, mit Hörnern und Harfe. Musik, die sofort ins Herz und ins Gemüt ging. Als das grandiose Finale verklungen war, brachen Begeisterungsstürme los. Schließlich erhoben sich alle und die Menschenmenge strömte nach draußen. Es war eine laue Sommernacht.

„Sollen wir noch irgendwo etwas trinken?", fragte er. „Ich kenne ein nettes Lokal mit Biergarten ganz in der Nähe."

„Ja gern", antwortete sie. „Ich kann jetzt nicht einfach so nach Hause gehen."

* * *

Als sie am Tisch saßen, bewunderte er sein Gegenüber. Anja trug ein enges schwarzes Kleid, eine Silberkette und passende Ohrringe. Wie schön diese Frau war!

Sie unterhielten sich über das Konzert und das Festival, über berühmte Dirigenten und Solisten, schließlich sprachen sie auch über sich selbst. Anja hatte zurzeit keine feste Beziehung. Näheres sagte sie aber nicht. Sie wollte zwei Wochen Urlaub an der Ostsee machen und wohnte seit gestern in einem Hotel in Eckernförde in der Nähe des Strandes. Nicht nur von ihrem Aussehen, sondern auch von ihrer Art zu reden war er sehr angetan.

Später brachte er sie zum Zug nach Eckernförde. Bevor sie sich verabschiedeten, fragte er: „Sehen wir uns wieder?"

Sie lächelte. „Ja, ich habe nichts dagegen. Wo und wann?"

„Wir könnten morgen Abend zusammen essen. Um sieben hole ich sie in Ihrem Hotel ab."

„Einverstanden", erwiderte sie. „Dann bis morgen. Gute Nacht."

Ich glaube, ich habe mich verliebt, dachte er und das machte ihn glücklich.

* * *

Am nächsten Morgen nahm er zwei Wochen Urlaub. Er wollte nicht nur den Abend mir ihr verbringen, sondern so viel Zeit wie möglich. Er sehnte das Treffen herbei. Schließlich war es so weit. Anja sah bezaubernd aus in ihrem geblümten Sommerkleid.

Sie gingen in ein Restaurant, das für seine exzellenten Fischgerichte berühmt war.

„Wie haben Sie heute den Tag verbracht?", fragte er.

„Ich war den ganzen Tag am Strand. Nur lesen, schwimmen und faulenzen. Allerdings blieb ich meistens im Schatten. Die Sonne vertrage ich nicht, wahrscheinlich im Gegensatz zu Ihnen."

„Das kommt nicht von ungefähr. Mein Vater war Spanier."

„Oh, das hätte ich nicht gedacht. Kruse klingt nicht gerade spanisch."

„Mein Vater hat im Sommer zur Hauptsaison gekellnert und dabei meine Mutter kennengelernt."

„Sie sagten, er *war* Spanier. Lebt er nicht mehr?"

„Das weiß ich nicht. Meinen Vater habe ich nie getroffen. Als er erfahren hat, dass meine Mutter schwanger war, machte er sich aus dem Staub. Telefonnummer und Adresse waren falsch."

„Das war sicher nicht einfach für Ihre Mutter."

„Nein. Ich muss meinem Vater sehr ähnlichsehen und dafür hat sie mich gehasst."

„Gehasst?" Sie riss die Augen auf.

„Ja, aber das ist vorbei." Er versuchte zu lächeln. „Sprechen wir lieber über etwas Erfreuliches."

Anja erzählte von sich. Seit ihrem fünften Lebensjahr spielte sie Geige. Bei *Jugend musiziert* hatte sie sogar einen Preis gewonnen. Für sie hatte ihr Berufswunsch festgestanden. Sie wollte eine berühmte Geigerin werden. Dann der Unfall: Ein Autofahrer übersah ihr Fahrrad. Sie trug eine schwere Gehirnerschütterung davon und – was noch schlimmer war – einen komplizierten Bruch der rechten Hand.

„Danach war es mit meiner Karriere aus. Ich spiele zwar noch Geige, aber zur Solistin reicht es nicht mehr."

„Das ist aber traurig."

„Ich habe mich damit abgefunden und unterrichte. Das macht auch Spaß. Bei uns gibt es gute Musikschulen."

Die Kellnerin servierte das Essen. Die Dorade und die Beilagen schmeckten ausgezeichnet. Ihre Unterhaltung verlief weiterhin sehr angeregt.

„Es ist so schön, hier draußen zu sitzen", sagte sie. „Diese wundervolle laue Sommernacht."

„Ja, aber leider soll es morgen kälter werden – laut Wetterbericht."

„Ach, wie schade", meinte sie. „Dann kann ich gar nicht an den Strand."

„Nun, ich kenne hier viele schöne Flecken. Die könnte ich Ihnen zeigen. Ich habe ein paar Tage Urlaub genommen."

„Oh, etwa meinetwegen?"

„Ja, deinetwegen." Er stockte. „Entschuldigung, jetzt habe ich sie geduzt."

„Dann bleiben wir doch dabei. Prost Sven!"

„Prost Anja! Auf unser Wohl!"

Gegen Mitternacht brachte er sie nach Hause. Jetzt bestand kein Zweifel mehr. Er hatte sich Hals über Kopf in sie verliebt. Wie gern hätte er die Nacht mit ihr verbracht, aber er wollte nichts überstürzen. Er freute sich unbändig auf den morgigen Tag und überlegte, wo er mit ihr hinfahren könnte.

* * *

Als er sie an diesem trüben, grauen Vormittag am Hotel abholte, sagte sie munter: „Ich bin für alles ausgerüstet, sogar für Regen. Es kann losgehen."

In seinem Auto fuhren sie bis an die Schlei. Dann wanderten sie am Fluss entlang, vorbei an Fachwerkhäusern mit Reetdächern, vor denen Rosen und Malven blühten.

„Guck dir mal die Wiesen an", staunte sie. „Wie bunt! So etwas habe ich noch nie gesehen."

An einem lauschigen Plätzchen mit Blick auf die Schlei machten sie Rast, saßen nebeneinander und blickten aufs Wasser. Hin und wieder kam die Sonne heraus und alles erstrahlte. Dann wieder türmten sich Wolken auf und das Wasser wirkte dunkel.

Er legte seinen Arm um sie. „Ich bin so froh, dass ich dich getroffen habe."

Sie legte ihren Kopf an seine Schulter. „Das bin ich auch."

Hand in Hand gingen sie weiter. Schließlich kehrten sie in einen Biergarten ein. Dort konnte man auch Ruderboote ausleihen.

„Sollen wir ein bisschen Bötchen fahren?", fragte Anja. „Ich finde das romantisch."

* * *

Während sie sich umsah und ständig etwas Neues entdeckte, ruderte er. „Guck mal, was hier alles am Ufer wächst. Und da – der bunte Vogel!", schwärmte sie und strahlte ihn an. „Hier ist es so schön – geradezu idyllisch."

Er ahnte, dass er diese Nacht nicht allein verbringen würde. „Unsere Zeit ist um", sagte er und ruderte zurück.

Am Steg angekommen stieg er aus dem Boot, legte das Tau um einen Anlegepfosten und reichte ihr die Hand.

* * *

Als sie einen großen Schritt machte, bewegte sich das Boot mit dem Heck vom Steg weg.

„Bleib da!", rief er und ließ ihre Hand los.

Zu spät. In Zeitlupe vergrößerte sich der Abstand, das Boot schwankte, Anja plumpste mit einem Schrei ins Wasser. Prustend tauchte sie wieder auf. Er kniete auf dem Steg und nahm ihre Hand. Dann fasste er sie unter den Schultern und zog sie heraus. Da stand sie – triefend und zitternd.

„Das war ein Schlag ins Wasser", meinte sie.

„Das war filmreif", erwiderte er grinsend.

Dann prusteten sie los und schüttelten sich vor Lachen.

„Und jetzt?", fragte sie schließlich.

„Jetzt bestelle ich ein Taxi. Es wird zwar etwas dauern, bis es kommt, aber wir können schlecht zu Fuß bis zu meinem Wagen laufen."

Der Taxifahrer gab Anja eine Plane, bevor sie einstieg. „So was habe ich immer im Kofferraum", erklärte er, „Sie sind nicht der erste klitschnasse Fahrgast."

Das Taxi brachte sie zum Wagen. Dort angekommen legte Sven ein Badetuch um Anja.

Als er losfuhr, sagte sie: „Begleitest du mich auf mein Zimmer? Wir könnten zusammen duschen."

Es war schöner, als er es sich in seinen kühnsten Träumen ausgemalt hatte. Rausch, Leidenschaft, Zärtlichkeit … Nie zuvor, bei keiner anderen Frau, hatte er so ein tiefes, sattes Glücksgefühl gehabt. Anja war die Richtige. Liebe auf den ersten Blick. *Coup de foudre*, wie der Franzose sagte. Ein Blitzschlag, ein Liebesgewitter.

Am nächsten Tag war das Wetter wieder besser, sodass sie an den Strand gehen konnten. Mit Anja in der Sonne zu liegen, zu schwimmen, zu lesen mit seinem Kopf in ihrem Schoß – das war das Paradies auf Erden. So fühlte es sich also an, wenn man auf Wolke sieben schwebte. Schon jetzt konnte er sich ein Leben ohne sie nicht mehr vorstellen.

Jeder Tag dieser Woche, die sie zusammen verbrachten, war ein Fest. Aber wie sollte es weitergehen? Als er sie darauf ansprach, sagte sie: „Denk nicht an morgen. Lass uns die Zeit genießen."

War es für sie etwa nur ein Flirt? Das konnte nicht sein.

* * *

In der zweiten Woche fuhr er mit Anja zum Ludwigsburger Schloss.

„Wir besichtigen natürlich den *Goldenen Saal* – Glanz und Prunk in Fülle!", erklärte er, nachdem sie an der Kasse bezahlt hatten.

„Aber vorher möchte ich dir noch etwas Besonderes zeigen: *Die bunte Kammer.*"

Sie betraten den Raum durch eine dunkle Eichentür. An den Wänden, etwa vier Meter hoch, waren vom Boden bis zur Decke kleine Gemälde dicht an dicht angebracht, die Rahmen bildeten gleichzeitig die Holztäfelung.

„Oh, ist das schön!", hauchte sie und trat näher an die Wand heran. „Über den Bildern sind Sprüche angebracht." Ihr Blick blieb an einem Gemälde hängen. „Ein Engel, der Rosen pflückt!", murmelte sie verzückt.

„Das ist Amor. Darüber steht: *NON E GIOIA SENZA NOIA*. Es bedeutet: *Keine Freude ohne Verdruss*. Oder anders: *Keine Rose ohne Dornen, keine Liebe ohne Schmerzen.*"

„Ja, das ist wohl so", seufzte sie. Ihre Augen wanderten weiter. „Manche Sprüche sind schwer zu verstehen. Aber es ist immer von Liebe die Rede."

Auf einem Gemälde schwebte eine Sanduhr zwischen Wolken, aus denen zwei Hände ragten, verbunden durch ein Schloss. Es war offensichtlich, dass es sich um die Hand eines Mannes und die einer Frau handelte.

„Die Sanduhr ist das Symbol der Vergänglichkeit", erklärte er. Dann las er den Spruch, der auf dem Bild stand: *„Den Schlüssel hat der Tod."* Er nickte ihr zu. „Das bedeutet: *Wahre Liebe endet erst mit dem Tod."* Liebevoll blickte er sie an.

Sie wirkte sehr nachdenklich.

* * *

Ihnen blieben nur noch zwei Tage. Bei dem Gedanken, dass sie bald nach Hause fahren würde, drohte er zu verzweifeln.

„Anja, ich liebe dich. Du darfst mich nie verlassen." Er hielt sie im Arm und drückte sein Gesicht in ihre Locken.

„Der Urlaub mit dir war eine wunderschöne Zeit", erwiderte sie.

„Anja, das ist nicht das Ende. Wir müssen uns wiedersehen, schon am nächsten Wochenende. Ich besuche dich."

„Sven, die Entfernung ist sehr groß. Ich bin fünf Stunden gefahren und zweimal umgestiegen."

„Für dich würde ich noch weiter fahren." Er küsste sie. „Bis ans Ende der Welt."

„Das hast du schön gesagt."

„Meine Anja!" Wieder drückte er sie an sich. „Ohne dich kann ich nicht mehr leben."

Sie frühstückten noch zusammen, tauschten ihre Adressen, Telefonnummern und E-Mail-Kontakte. Dann brachte er sie zum Bahnhof. Sie umarmten sich.

„Bis bald!", sagte er. „Ruf sofort an, wenn du zu Hause angekommen bist."

„Ja. Mach's gut!", flüsterte sie."

Er wunderte sich über ihren traurigen Blick.

* * *

Sie rief nicht an, weder an dem Abend, noch am nächsten Tag. Unter der Telefonnummer meldete sich niemand. Er suchte im Internet, aber unter dem Namen Anja Sabinski war in Essen niemand gemeldet. Auch seine E-Mail kam zurück. Zutiefst enttäuscht beschloss er, nach Essen zu fahren.

Die angegebene Adresse war eines von vielen mehrstöckigen Häusern an einer Hauptverkehrsstraße. Auf keiner Klingel stand *Sabinski*. Sie wollte ihn gar nicht wiedersehen! Seine Verzweiflung fühlte sich an wie ein körperlicher Schmerz. Er schleppte sich zurück zum Wagen und setzte sich hinter das Steuer.

Was sollte er jetzt tun? Nach Hause fahren? Da fiel ihm ein, dass sie einmal Musikschulen in Essen erwähnt hatte. Vielleicht stimmte es ja, dass sie unterrichtete. Für *Musikschulen in Essen* zeigte ihm sein Smartphone siebzehn Treffer. Auf manchen Webseiten waren die Lehrer mit Foto abgebildet. Auf der elften Webseite wurde er fündig.

Sie hieß Anja Klippenstein.

Und jetzt? Wollte er sie wirklich wiedersehen? Ja, das wollte er. Seine Verzweiflung schlug um in Wut. So ein Miststück! Er würde ihr ins Gesicht sagen, was er von ihr hielt. Im Internet fand er unter Klippenstein nur einen Männernamen: Frank Klippenstein. War Anja etwa verheiratet? Er gab die Adresse in sein Navi ein und fuhr los.

Schließlich hielt er vor einem Einfamilienhaus an. Hier wohnte sie bestimmt nicht allein. Von wegen ohne Partner! Also war er für sie von Anfang an nur eine Ferienliebschaft gewesen, und sie hatte ihm bewusst einen falschen Namen genannt. Welch ein Vertrauensbruch! So mit seinen Gefühlen zu spielen! Falsch und verlogen und hinterhältig wie seine Mutter!

In ihm stieg ein Hass auf, der jede andere Regung unterdrückte. *Na, warte!*, schwor er sich. *Dafür wirst du büßen.* Er wählte die Nummer.

„Hier Klippenstein." Es war Anja.

„Sven Kruse."

„Sven!" Dann flüsterte sie: „Ich kann jetzt nicht. Ruf nach sechs wieder an."

Noch eine Stunde. Während er wartete, stierte er auf das Haus. Seine große Liebe war wie eine Seifenblase zerplatzt. Eine Frau mit Herz hatte er gesucht. Wie zärtlich und liebevoll war Anja gewesen, dabei hatte sie genau gewusst, dass nach zwei Wochen Schluss sein würde. In ohnmächtiger Wut schlug er auf das Lenkrad.

* * *

Um sechs Uhr ging die Tür auf. Ein Mann mit Sporttasche und ein kleiner Junge kamen heraus und stiegen in ein Auto. Sie war also nicht nur verheiratet, sondern hatte auch noch ein

Kind. Bald würde er ihr Aug in Aug gegenüberstehen. Bald würde er sich rächen. Er nahm sein Fischermesser aus dem Handschuhfach und steckte es in die Jackentasche. Dann ging er über die Straße auf das Haus zu und drückte auf die Klingel.

Sie öffnete. „Oh Gott, Sven!"

Er stieß sie ins Haus, schloss die Tür und ging drohend auf sie zu. „Du falsche Schlange!", schrie er. „Du hast mich betrogen. Ich war von Anfang an nur ein Abenteuer für dich."

Mit weit aufgerissenen Augen wich sie zurück. „Sven, hör mir zu! Es ist nicht, wie du denkst. Ich habe mich in dich verliebt."

„Das nennst du Liebe?" Seine Stimme überschlug sich.

„Zuerst war es für mich nur ein Urlaubsflirt, aber dann habe ich mich in dich verliebt."

„Warum warst du nicht ehrlich?", brüllte er. „Wieso hast du mir nicht gesagt, dass du verheiratet bist?"

„Ich hätte es dir sofort sagen müssen, bevor wir zusammen geschlafen haben. Aber danach konnte ich es nicht mehr, auch nicht an unserem letzten Tag. Das habe ich nicht übers Herz gebracht."

„Oh, wie rücksichtsvoll! Du hast es nicht übers Herz gebracht. Dein Herz, Anja, ist kalt und dunkel."

„Nein, Sven", erwiderte sie unter Tränen, „ich war so traurig, als ich von dir Abschied nehmen musste. Und das bin ich noch immer. Ich weiß nicht, wann ich das letzte Mal so glücklich war wie mit dir. Aber ich kann meinen Mann und mein Kind nicht verlassen. Bitte, hasse mich nicht!"

Eine keifende Stimme in seinem Kopf dröhnte: *Räche dich!* Er fühlte in der Tasche nach dem Messer. Er müsste es nur aus dem Futteral ziehen und dann zustechen. Außer Hass und Kälte spürte er nichts.

Hass und Kälte! Die Gefühle seiner Mutter. Bis zu ihrem Tod. Aber er hatte sie nicht die Kellertreppe hinuntergestoßen, obwohl er ihr den Tod gewünscht hatte. Nein, er würde sich nicht rächen. Er war nicht wie seine Mutter.

„Nein, ich hasse dich nicht", sagte er leise. „Ich bin nur todtraurig."

Während er sie ansah, krampfte sich sein Magen zusammen. Abrupt drehte er sich um und ließ die Tür ins Schloss fallen. Dann fuhr er zurück Richtung Norden.

Jonas

von Sabine Maurer

„Oh, Entschuldigung!", stammelte Angie, sah auf und wurde rot. Entsetzt beobachtete sie, wie der Wasserfleck auf dem Shirt des Mannes, den sie beinahe umgerannt hatte, immer größer wurde.

„Mist!", fluchte der und stellte sein Glas auf einem der umstehenden Tische, die zur Bar des Fitnesscenters gehörten, ab. Dann zog er ein Taschentuch aus seiner Hosentasche, um sich damit abzutrocknen, so gut es eben ging. „Du hängst wohl oft am Handy und siehst nicht, wo du hinläufst?"

Er deutete auf das Smartphone in ihrer Hand. Sie starrte den Fremden an, unfähig, etwas zu sagen. Wie peinlich! Hätte sie Lisas Nachricht doch später gelesen und darauf geachtet, wo sie langging. Eine Weile sagte keiner von ihnen etwas. Angie suchte nach den richtigen Worten, der Fremde war mit seinem nassen Shirt beschäftigt.

„Ich bin Jonas", unterbrach er schließlich die Stille und steckte das Tuch in die Hosentasche zurück.

„Angie", presste sie hervor.

„So heißt du also. Ich habe dich schon beobachtet, als du aus dem Trainingsraum gekommen bist. Da habe ich ja Glück, dass mir nicht mehr passiert ist. Du hast sicher jede Menge Kraft!"
Er schmunzelte und sah sie direkt an.

Ihr fiel auf, dass seine Augen genauso braun waren wie seine Haare. Ein leichtes Kribbeln machte sich in ihrem Bauch bemerkbar.

„Wie? Ach so, äh, ja." Ganz offensichtlich hatte er sie im Karate-Anzug gesehen. Sie kam sich wie ein Schulmädchen vor. Was war nur los mit ihr?

„Ich glaube, du schuldest mir ein Wasser – oder einen Drink." Er zwinkerte ihr zu.

Völlig perplex überlegte sie, was sie darauf erwidern sollte. Ohne Frage war er attraktiv und genau ihr Typ, aber war sie schon so weit, sich wieder zu verabreden? Sie zögerte.

Er schien ihre Gedanken zu lesen. „Pass auf", sagte er, „ich gebe dir meine Nummer. Du kannst sie gleich in dein Handy einspeichern. Ruf mich an oder schick mir eine Nachricht, wenn du möchtest. Du musst mir deine nicht geben. Ist das in Ordnung?"

Das klang gut. Warum nicht? Sie nickte und legte einen neuen Kontakt an.

„Null, sechs, acht, null …", begann er.

Nachdem sie die Zahlen eingetippt hatte, speicherte sie die Nummer ab. „Ich habe dich noch nie hier gesehen. Kommst du öfter her?", fragte sie und wunderte sich im nächsten Moment über sich selbst. Hatte sie das wirklich gesagt?

„Nein, ich treffe mich mit jemandem und muss jetzt auch los. Also – schreib mir! Ich würde mich freuen." Er lächelte sie an, schnappte das fast leere Glas und ging damit zur Bar.

Während Angie auf die Nummer starrte, überschlugen sich ihre Gedanken. So etwas war ihr noch nie passiert. *Ich werde eine Nacht darüber schlafen und morgen alles mit Lisa besprechen*, beschloss sie. Dann verstaute sie das Telefon in ihrer Tasche und verließ mit klopfendem Herzen das Fitnesscenter.

* * *

„Könnt ihr nicht aufpassen? Der hätte mich fast am Kopf erwischt." Wütend angelte Angie nach dem Ball, der zum Glück nur ihre Badetasche getroffen hatte, nahm ihn in die Hand und warf ihn zurück.

Einer der Jungen fing den Ball auf. „Tut uns leid!", rief er.

„Idioten", murmelte sie.

„Lass doch, sind ja noch Kinder", brummte Lisa, die neben ihr auf einem Handtuch lag.

Es war ein heißer Tag, deshalb hatten sie nach der Arbeit beschlossen, noch ins Freibad zu gehen. Gedankenverloren spielte Angie mit ihrem Smartphone, öffnete die Kontaktliste, scrollte durch die eingespeicherten Namen, überlegte kurz und schloss die Liste wieder. Weil es so hell war, konnte sie ohnehin nicht viel auf dem Display erkennen.

„Was tippst du denn die ganze Zeit herum?", grunzte Lisa. „Ich hoffe, du schreibst ihm eine Nachricht."

„Nein, ich überlege noch. Hör auf, mit den Augen zu rollen!" Seufzend steckte sie ihr Smartphone zurück in die Badetasche und setzte sich auf. Sollte sie noch mal in den Pool hüpfen? Das kühle Wasser würde ihr vielleicht helfen, einen klaren Kopf zu kriegen. In diesem Moment riss sie ein Geräusch aus ihren Gedanken. *Plopp, plopp, plopp.* Knapp neben ihren Füßen blieb ein Ball liegen. Schon wieder! Sie widerstand dem

Impuls, aufzustehen und ihn wutentbrannt zurückzuschießen. Stattdessen griff sie danach, doch jemand war schneller.

Ein etwa siebzehnjähriger Bursche ging neben ihr in die Hocke, nahm den Ball und grinste sie an. „Magst du mitspielen? Ich könnte noch Unterstützung gebrauchen."

„Nein, danke!" Sie warf ihm einen strengen Blick zu, aber insgeheim fühlte sie sich geschmeichelt.

„Schade", meinte er, stand auf und lief zu seinen Kumpeln zurück.

Lisa kicherte und stupste sie in die Seite. „Der wäre doch eine Alternative."

„Ach, komm schon, der ist doch viel zu jung." Das konnte nicht Lisas Ernst sein.

„Dann schreib diesem Jonas endlich. Worauf wartest du? Du hast doch nichts zu verlieren. Bist du eine Kämpferin oder ein Feigling?"

Eine gute Frage. Wieder griff Angie nach ihrem Handy und spielte damit herum. Sie konnte sich einfach nicht entschließen.

Lisa spielte natürlich auf ihre Leidenschaft für Karate an. Sie liebte diesen Sport. Vor zwei Jahren hatte sie begonnen zu arbeiten und nach einem Ausgleichssport gesucht. Zuerst hatte sie es mit Gymnastik versucht, danach klassisches Krafttraining probiert. Aber nichts davon hatte ihr zugesagt. Eines Tages war sie im Fitnesscenter über die Ankündigung für Erwachsenen-Karate gestolpert und hatte sich spontan angemeldet. Auch wenn es verrückt gewesen war.

Eine kleine Frau wie sie? Aber schon nach wenigen Stunden hatte sie Blut geleckt – nur sprichwörtlich natürlich. Seitdem ging sie regelmäßig zum Unterricht.

Lisas Stimme drang wieder an ihr Ohr. „Oder denkst du noch an Thomas?"

„Nein, eigentlich nicht." Thomas hatte sie vor sechs Monaten nach ihrer Braungurt-Prüfung verlassen und ihr das Herz gebrochen. Immer noch zog sich ihr Magen zusammen, wenn sie daran dachte.

Seine Freunde hatten immer wieder gewitzelt, dass Angie wohl der Bodyguard wäre, wenn sie gemeinsam unterwegs seien. Sie vermutete, dass das mit der Zeit an seinem Ego gekratzt hatte. Einmal hatte er sie sogar gebeten, mit Karate aufzuhören. Das war für sie nie in Frage gekommen. Der Sport gab ihr Halt, mentale Stärke, Kraft und Ausdauer. Niemals würde sie das für irgendjemanden aufgeben. Seitdem war sie Single und wollte es eigentlich auch bleiben. Doch jetzt war ihr Jonas über den Weg gelaufen. Oder genauer gesagt: Sie war in ihn hineingelaufen.

„Natürlich ist Thomas ein Idiot, mit einem Ego-Problem noch dazu", schnaubte Lisa. „Aber nicht alle sind so. Warum versuchst du es nicht einfach?"

Lisa hatte recht. Mehr als schiefgehen konnte es ja nicht. Das mit Thomas war seit einem halben Jahr vorbei. Es war Zeit, einen Schlussstrich zu ziehen und etwas Neues zu wagen. Sie gab sich einen Ruck. „Ich gehe da rüber in den Schatten, hier ist es mir zu hell." Mit diesen Worten deutete sie auf das Display.

Lisa gab ihr einen Daumen hoch und schloss die Augen, um weiter in der Sonne zu dösen. Angie stand auf, zupfte ihren Bikini zurecht und steuerte die Baumgruppe auf der anderen Seite des Pools an. Vorsichtig ging sie um die auf ihren Handtüchern liegenden Badegäste herum und dann das Becken entlang. Nebenbei öffnete sie erneut die Kontaktliste. Sie musste die Augen zusammenkneifen. Es war wirklich unmöglich, in der Sonne etwas zu erkennen, geschweige denn, eine Nachricht zu schreiben.

„Achtung!" brüllte jemand.

Ihr blieb keine Zeit, zu reagieren oder nachzusehen, woher die Stimme kam. Sie fühlte etwas gegen ihre rechte Hand prallen und schrie vor Schmerz auf. Das Handy wurde ihr aus der Hand geschlagen. Wie in Zeitlupe nahm sie wahr, dass es Richtung Pool segelte. Dort landete es platschend im Wasser und ging sofort unter.

Nach einer Schrecksekunde hechtete sie hinterher. Ihr Telefon war am Boden des Beckens gut zu sehen. Sie holte tief Luft, zwang sich, die Augen offen zu halten, stieß zum Grund des Pools vor und griff nach ihrem Handy. Kurz danach tauchte sie prustend am Beckenrand auf. Jemand streckte ihr die Hand entgegen. Angie ergriff sie und ließ sich aus dem Wasser ziehen.

Etwas benommen rieb sie sich die Augen. Als sie wieder klar sehen konnte, blickte sie in das Gesicht des Jungen, der sie vorhin mit dem Ball genervt hatte. Er sah sehr zerknirscht aus, öffnete den Mund, um etwas zu sagen, doch sie ließ ihn nicht zu Wort kommen.

„Sag mal, spinnst du?", fuhr sie ihn an. „Kannst du nicht besser aufpassen? Wenn das jetzt kaputt ist!"

Sie kochte vor Wut. Das Smartphone war zwar schon ein älteres Modell, aber es funktionierte noch einwandfrei. Sie hatte auch keine Lust, Zeit und Geld zu investieren, um sich ein neues zu kaufen. Außerdem war so viel darauf gespeichert, die Fotos vom letzten Urlaub zum Beispiel und – die Nummer von Jonas.

In diesem Moment traf es sie wie ein Blitz. Er hatte ihre Nummer nicht! Wenn sie sich nicht meldete, würde er denken, sie hätte kein Interesse an ihm.

„Verdammt!" entfuhr es ihr. Nach einem Blick auf das schwarze Display schimpfte sie weiter: „Du hast ja keine Ahnung, was du angerichtet hast. Da sind wichtige Num…, äh, Daten drauf!"

„Es tut mir wirklich leid", sagte der Junge. „Ich könnte …"

„Gib mal her!" Lisa, die offensichtlich mitbekommen hatte, was passiert war, tauchte neben ihr auf. „Vielleicht ist ja alles okay. Drück mal einen von den Knöpfen."

Gerade wollte sie Lisas Ratschlag befolgen, da rief ihr Gegenüber: „Nein, tu das nicht!"

Erstaunt starrten Lisa und Angie ihn an.

„Warum nicht?", fragte sie ungehalten. „Ich will nur probieren, ob es noch funktioniert?"

„Du solltest jetzt nur den Aus-Knopf drücken. Doch das können wir uns auch sparen, so wie dein Handy aussieht. Wenn du es einschaltest, gibt es vielleicht einen Kurzschluss. Ich bin übrigens Dennis, Dennis Preuss. Meiner Familie gehört die *Preuss Media Agency*, das Büro ist gleich die Straße runter. Wir sind zwar keine Techniker, aber wir kennen uns ein bisschen aus."

Sie überlegte. Der Name kam ihr bekannt vor. Ja, genau, das Firmenschild hatte sie auf dem Weg zum Freibad gesehen.

„Komm mit, es ist noch geöffnet. Dann versuchen wir, dein Handy zu retten", fuhr Dennis fort. „Das ist das Mindeste, was ich tun kann."

Sollte sie mit ihm gehen? Sie warf ihrer Freundin einen fragenden Blick zu.

Die zuckte mit den Schultern. „Ist einen Versuch wert", meinte Lisa. „Und du wolltest doch etwas Wichtiges erledigen. Also sieh zu, dass du das Ding wieder flottkriegst. Soll ich mitgehen?"

Sie schüttelte den Kopf. „Nein, bleib ruhig hier, es dauert ja hoffentlich nicht lange."

„Okay", erwiderte Lisa und sah Dennis eindringlich an. „Ich weiß, wo meine Freundin ist und sie kann Karate! Klar?"

Er grinste. „Keine Sorge, ich bin kein Böser, sie kommt heil zurück. Beeilen wir uns jetzt aber lieber, das Ding trocken zu kriegen."

Dabei sah er Angie bewundernd an. „Karate! Wie cool."

Thomas hätte mich so ansehen sollen, dachte sie, schüttelte den Gedanken aber sofort wieder ab und sagte: „Ich werfe mir schnell mein T-Shirt über und hole meine Tasche. Dann können wir."

Zwei Minuten später verließ sie mit Dennis das Freibad. Der Dame an der Kasse schilderte sie die Situation und bekam die Zusage, nachher wieder hinein zu dürfen. Dennis hatte sogar angeboten, ihr noch mal den Eintritt zu bezahlen. Für sein jugendliches Alter war er ziemlich höflich.

* * *

„Wir sind da", sagte er und deutete auf das gelbe Firmenschild der Agentur.

Sie betraten einen stilvoll eingerichteten Verkaufsraum. Auf einer Seite befand sich eine Theke, auf der anderen ein schwarzes Ledersofa mit dazu passenden Sesseln und einem schönen Tisch aus dunklem Holz, auf dem ein Smartphone lag. Ob jemand es vergessen hatte? Neben dem Sofa befand sich eine Tür, die wohl in einen weiteren Raum führte.

„Ich bin's nur", rief Dennis.

Sie erwartete, dass jemand antworten oder kommen würde, aber nichts rührte sich.

„Bitte, gib es mir!" Dennis streckte die Hand nach dem Telefon aus.

Sie überließ es ihm.

Er ging damit hinter die Verkaufstheke, öffnete eine Schublade, holte ein sauberes Tuch hervor und legte das Handy darauf. Während er an der Abdeckung hantierte, begann er damit, Angie auszufragen. „Also, welche wichtigen Daten müssen wir retten? Komm, erzähl mir was, ich arbeite hier schließlich hart."

Was sollte das nun wieder? Sie warf ihm einen bösen Blick zu.

„Gut so, ist ja auch deine Schuld!"

„Eigentlich nicht. Ich habe den Ball nicht geworfen."

„Ach!" Das erstaunte sie. „Ich dachte, du warst das. Weil du mir aus dem Wasser geholfen hast und so."

Er zog eine Augenbraue hoch. „War ein Kumpel von mir. Als der feige Sack dir nicht helfen wollte, habe ich es halt getan."
Vorsichtig entfernte er die Abdeckung des Telefons.

Im Hintergrund piepste und brummte es. Sie drehte sich um. Das Smartphone auf dem Holztisch hatte offenbar eine Nachricht empfangen. Seufzend blickte sie wieder zu Dennis. „Eine Telefonnummer."

Ihr Gegenüber grinste. „Von wem?"

„Ich kenne ihn noch nicht, aber ich muss ihm dringend eine Nachricht schreiben."

„Klingt spannend. Du musst jemandem schreiben, den du gar nicht kennst?"

„Na ja, ich habe ihn schon einmal getroffen. Das heißt, ich habe ihn gestern umgerannt. Er hat mir seine Nummer gegeben, aber meine hat er nicht ..." Sie brach ab. Warum erzählte sie ihm das überhaupt? „Es ist wichtig, also tu bitte dein Bestes!", fügte sie schroff hinzu.

„Mach ich doch." Dennis öffnete die Lade erneut, und zog noch ein neues Tuch hervor.

Inzwischen ärgerte sie sich darüber, dass sie Jonas nicht schon früher eine Nachricht geschickt hatte. Dann wäre das alles nicht passiert. Warum hatte sie so lange gezögert? Sie schwor sich, sollte Dennis das Telefon zum Funktionieren bringen, würde sie Jonas schreiben – sofort, gleich hier, bevor sie es sich wieder anders überlegen und kneifen konnte.

Mittlerweile hatte Dennis nun auch den Akku entfernt, tupfte alles sorgfältig trocken und setzte die Teile wieder zusammen.

„So, jetzt wird's spannend. Schauen wir mal, ob es sich einschalten lässt. Falls das klappt, sicherst du besser sofort alle Daten."

Vor Anspannung hielt Angie die Luft an und schickte ein Stoßgebet los. Sie wollte keinesfalls, dass außer ihrem Handy auch noch das Date mit Jonas ins Wasser fiel. Als das Display aufleuchtete, atmete sie erleichtert aus.

„Na bitte!" Dennis strahlte. Offensichtlich war er stolz auf seine Leistung. „Wie habe ich das gemacht?"

„Reines Glück!" Rasch schnappte sie sich ihr Telefon und scrollte durch ihre Kontakte bis zu *Jonas*. Nervös begann sie, eine Nachricht zu tippen. Sie schrieb schnell, bevor der Mut sie verlassen konnte oder das Handy doch noch den Geist aufgab.

Hey, ich möchte mich sehr gern mit dir treffen. Wollen wir mal essen gehen? Lg Angie. Ohne den Text noch mal zu lesen, drückte sie auf *Senden*.

„Du hattest es ja eilig. War das für den Typen?" Neugierig sah Dennis sie an.

Hinter ihr ertönte wieder das Piepsen und Brummen des Telefons auf dem Tisch. *Wem auch immer es gehört, derjenige bekommt allem Anschein nach ziemlich viele Nachrichten*, dachte sie.

Dennis hatte wohl den gleichen Gedanken. „Dein Telefon", brüllte er in Richtung Nebenraum. Dann sah er wieder zu Angie.

Sie streckte ihm die Hand entgegen. „Danke, und das meine ich ehrlich."

Freudestrahlend nahm er ihre Hand und schüttelte sie. Im Hintergrund wurde ein Stuhl zurückgeschoben. Während Angie das Telefon in ihrer Tasche verstaute, hörte sie, dass sich Schritte näherten.

Dennis' Blick wanderte von ihr weg zu jemandem, der sich nun hinter ihr befinden musste. „Wichtige Nachricht bekommen?", fragte er. „Übrigens Jo, darf ich dir Angie vorstellen? Angie, das ist mein großer Bruder. Ihm gehört der Laden zum Großteil."

„Na, ich arbeite hier ja auch am meisten!"

Diese Stimme! Sie fuhr herum und glaubte zu träumen. *Jonas*. Mit seinem Smartphone in der Hand stand er lächelnd neben dem Tisch und las offenbar gerade eine Nachricht. *Ihre Nachricht*. Dann hob er den Blick und musterte sie ungläubig von oben bis unten. Sie fühlte Hitze in ihr Gesicht aufsteigen, hielt seinem Blick aber tapfer stand.

Dennis schilderte seinem Bruder die Situation in knappen Worten, erzählte vom versenkten Handy und der Rettungsaktion.

Währenddessen konnte sie den Blick nicht von Jonas abwenden. Er trug Jeans und ein lässiges Shirt, er sah umwerfend aus.

Gegen Ende von Dennis' Geschichte begann Jonas zu grinsen. Sie zupfte an ihrem Shirt, das an dem nassen Bikini klebte, und fuhr sich mit den Fingern durch die Haare, in der vergeblichen Hoffnung, etwas an ihrem Aussehen zu verbessern.

Jonas kam auf sie zu und blieb vor ihr stehen. Das Herz klopfte ihr bis zum Hals. Wie würde er auf das alles reagieren?

„Ich möchte sehr gerne irgendwann mit dir ausgehen", sagte er. „Aber was hältst du davon, wenn ich euch jetzt zurück ins Bad begleite? Es ist mittlerweile sechs Uhr und ich schließe jetzt. Wir schmeißen uns zuerst in den Pool, dann genießen wir den Abend. Was meinst du? Ich habe meine Badesachen hier, ich brauche nur ein paar Minuten."

Angie konnte ihr Glück nicht fassen. „Das ist eine tolle Idee.", hauchte sie.

„Gut, bin gleich zurück." Jonas verschwand durch die Tür.

Sie drehte sich zu Dennis, bei dem nun auch der Groschen gefallen war. „Das darf doch nicht wahr sein", murmelte er. „Dafür habe ich was gut bei ihm." Dann schmunzelte er. „Du würdest gut zu meinem Bruder passen." Leise fuhr er fort: „Seine letzte Freundin war furchtbar eifersüchtig. Hat ihm dauernd zugesetzt wegen seinem Sport und Theater gemacht wegen seinen Trainingspartnerinnen."

„Was meinst du?", fragte sie.

„Jo macht Brazilian Jiu Jitsu", war die Antwort.

Sie riss die Augen auf, ihr Herz machte einen Sprung. Wie cool war das denn?

„Hier! Sperr du ab." Jonas war zurück und warf seinem Bruder einen Schlüsselbund zu. Völlig unbefangen griff er nach ihrer Hand. „Lass uns gehen", sagte er und zwinkerte. Sein Händedruck verursachte ein Prickeln, das ihren Arm hinaufschlich. Sie musste grinsen.

Nun würde ihre Verabredung sprichwörtlich ins Wasser fallen – allerdings auf angenehme Art und Weise.

Ein schicksalhafter Tag

von Julia Schön

Shawn schnappte nach Luft, das kalte Wasser raubte ihm fast den Atem. Wie hatte er nur so unvernünftig sein können? Gerade er kannte doch diese Umgebung seit seiner frühesten Kindheit. Wie oft hatten sie hier am Wasser gespielt, hatten den Nervenkitzel der Gefahr genossen, die ihnen drohte, wenn sie abrutschen würden. Und nun war genau das passiert! Er hatte nur einen kurzen Blick auf seinen damaligen Lieblingsplatz werfen wollen, war dem Abhang ein wenig zu nahe gewesen, als der Boden nachgegeben hatte. Mitsamt einer Lawine aus Sand und Steinen war er hinuntergerutscht, unaufhaltsam dem kalten Wasser entgegen.

Mühsam schwamm er zum Ufer und krallte seine Finger in ein Grasbüschel. Nachdem sich seine Atmung annähernd beruhigt hatte, sah er sich um. Gab es an den steilen Hängen irgendwo einen Vorsprung oder Ast, um sich festzuhalten? Dann könnte er sich hochziehen. Nach links kam er nicht voran, gegen die starke Strömung zu schwimmen war aussichtslos. Sehr viel weiter nach rechts durfte er sich aber auch nicht treiben lassen, da in einigen Metern die gefährlichen Stromschnellen begannen.

Doch er musste dringend aus dem Wasser, weil er bei dieser Temperatur schon bald ausgekühlt sein würde. Meter um Meter glitt er am Ufer entlang und griff nach jedem erreichbaren Strauch, um nicht von der Strömung mitgerissen zu werden. Nach etwa fünfzehn Metern ragte ein stärkerer Ast über das Wasser. Nach mehreren Anläufen schaffte er es, eine Hand in die raue Rinde zu krallen. Mit letzter Kraft zog er sich am Ufer hinauf, bis er den Baumstamm erreichte. Dort sank er zu Boden, zitternd vor Kälte und Anstrengung. Dankbar lehnte er sich mit dem Rücken gegen den Stamm, der ihn davor schützte, an dem steilen Ufer erneut abzurutschen. Nachdem er ein wenig verschnauft hatte, überdachte er seine Möglichkeiten.

Weiter nach oben zu klettern war keine Option, da die letzten Meter des Hanges nicht bewachsen waren und keinerlei Halt boten. Buck, sein Pferd, war nach seinem Sturz sicher geflohen. Mit etwas Glück würde er nach Hause laufen. Dann wüsste Maureen zumindest, dass etwas passiert war. Allerdings hatte sie keine Ahnung, wo er sich befand. Es würde also lange dauern, bis jemand auftauchte, falls überhaupt.

Ein leises Winseln ließ ihn aufblicken. Ein schwarzer Kopf mit schmaler, weißer Blesse und hoffnungsvoll aufgestellten Ohren ragte über den Rand des Hanges. Chip, sein junger Border Collie, war ihm offensichtlich am Ufer entlang gefolgt. Nun hatte er sein Herrchen entdeckt. Als nächstes würde er sicher versuchen, zu ihm hinunterzugelangen.

„Bleib!" rief er seinem Hund zu. Er wollte unbedingt verhindern, dass Chip abstürzte. Glücklicherweise gehorchte der sofort und legte sich ab. Jetzt waren nur noch die Spitzen der Hundeohren zu sehen.

Da er erstmal nichts weiter tun konnte als abzuwarten, zog er seine nassen Kleidungsstücke aus, wrang sie so gründlich wie möglich aus und hängte sie über einen Ast zum Trocknen. So fror er zwar immer noch, aber es war etwas besser als in den nassen Sachen. Wenigstens schützten ihn der Baum und die Büsche einigermaßen vor dem Wind. An den Fuß des Baumes gekauert versuchte er, sich möglichst warm zu halten.

Würde Buck auf direktem Weg nach Hause laufen? Und wie lange würde es dauern, bis Maureen sein Pferd bemerkte? Maureen war seit drei Jahren seine Freundin. Kennengelernt hatte er sie bei einer Viehauktion, wo er gemeinsam mit seinem Bruder Steve Schafe gekauft hatte. Sie war ihm sofort aufgefallen. Die Erinnerung an diesen Tag war so deutlich, als wäre es gestern erst passiert.

* * *

Wilde rote Haare umrahmten das mit Sommersprossen übersäte Gesicht. Ihre grünen Augen blickten kritisch auf eine kleine Herde mickriger Schafe, die gerade versteigert wurde. Zu Shawns Überraschung bot sie auf den traurigen Haufen und schien mit ihrem Kauf auch noch sehr zufrieden zu sein.

Auch er und Steve ersteigerten ein paar Tiere, unter anderem einen Schafsbock. Als sie ihre Tiere zum Transporter trieben, trafen sie erneut auf die Rothaarige mit den grünen Augen, die ganz allein versuchte, die widerspenstigen Schafe auf ihren Pick-up zu bekommen. Schnell verluden Steve und er die Tiere, die sie ersteigert hatten. Dann boten sie Maureen ihre Hilfe an. Gerne nahm sie das Angebot an, kurze Zeit später waren alle Schafe sicher untergebracht.

Zum Dank dafür lud Maureen sie auf einen Kaffee ein. Sie unterhielten sich über ihre Farmen und stellten fest, dass sie nur wenige Kilometer voneinander entfernt wohnten.

Maureen lebte auf einer winzigen Farm, die sie seit dem Tod ihrer Eltern allein bewirtschaftete. Die alten Gebäude benötigten dringend einige Reparaturen, aber der Betrieb warf einfach nicht genug ab. Maureen arbeitete hart, um alles einigermaßen am Laufen zu halten. Deshalb freute sie sich auch über die Schafe, die zwar dringend aufgefüttert werden mussten, dafür aber günstig gewesen waren. Und saftiges Gras gab es auf ihrer Farm im Überfluss.

In den nächsten Wochen trafen sie sich oft, nach kurzer Zeit entwickelte sich bereits eine enge Freundschaft. Auch als Shawn und Maureen ein Paar wurden, unternahmen sie weiterhin vieles zu dritt.

* * *

Ja, so war das gewesen! Wehmütig dachte er an diese Zeit zurück, während er unter diesem Baum hockte und erbärmlich fror. Um den Wärmeverlust möglichst gering zu halten, kauerte er sich noch ein wenig mehr zusammen.

Chips Kopf tauchte hin und wieder über der Kante des Abhangs auf, aber Shawn befahl ihm jedes Mal, dort oben zu bleiben. Wie lange saß er schon hier? Eine Stunde? Oder zwei? Seine Kleidung war immer noch feucht, aber dank dem Wind nicht mehr triefend nass. Hoffentlich konnte er sich noch vor Einbruch der Dunkelheit wieder anziehen. Ob er die Nacht bei diesen Temperaturen überstehen würde, stand sowieso in den Sternen.

115

Seine Gedanken schweiften wieder ab, zurück zu dem Tag des großen Streites, der ihn und seinen Bruder entzweit hatte. Ihr Vater war kurz zuvor verstorben. Bis zu diesem Zeitpunkt war er der oberste Chef der Farm gewesen, seine beiden Söhne hatten gleichberechtigt Seite an Seite gearbeitet. Für beide war es absolut klar gewesen, dass sie die Farm nach dem Tod des Vaters gemeinsam in seinem Sinne weiterführen würden.

Doch dann war der Tag der Testamentseröffnung gekommen. Der Vater hatte Steve, seinen älteren Sohn, als alleinigen Erben der Farm eingesetzt.

Zuerst versuchten die Brüder, ihrem ursprünglichen Plan zu folgen, doch immer häufiger gab es Streit, bis es irgendwann komplett eskalierte und Shawn die Farm verließ, um bei Maureen zu leben. Das lag nun fast zwei Jahre zurück. Seit diesem Tag hatten Steve und er kein Wort mehr miteinander gewechselt. Die Tatsache, dass seine Freundin und sein Bruder trotzdem weiterhin befreundet waren, belastete ihre Beziehung zunehmend.

Natürlich wusste er, dass es in erster Linie an ihm lag. Es war schließlich nicht die Schuld seines Bruders, dass der Vater ihn im Testament bevorzugt hatte. Maureen bemühte sich immer wieder, zwischen ihnen zu vermitteln und an seine Vernunft zu appellieren. Doch er war einfach zu verbittert, als dass er hätte einlenken können.

Auch Steve versuchte hin und wieder, vorsichtig einen Kontakt herzustellen, indem er unter irgendeinem Vorwand anrief oder Maureen Grüße für ihn ausrichtete. Doch Shawn konnte nun mal nicht aus seiner Haut heraus.

Jetzt, in dieser gefährlichen Situation, fragte er sich, wieso er so stur gewesen war. Wenn man ihn nicht rechtzeitig fand, würde es für ihn keine Gelegenheit mehr geben, die Angelegenheit zu klären und sich mit Steve auszusöhnen.

Inzwischen taten ihm die Knie weh und auch der Rücken schmerzte von der rauen Baumrinde. Aber außer sich ganz vorsichtig aufzurichten, konnte er nicht viel tun. Auch führte jede Änderung seiner Position dazu, dass ihm noch kälter wurde.

Auf einmal hörte er Chip bellen. Er schöpfte Hoffnung und rief immer wieder: „Hier, hier unten bin ich!" Sein ausgetrockneter Hals schmerzte, seine Stimme war wenig mehr als ein Krächzen. Nach einer Weile gab er auf.

Niemand kam. Das Gebell war verstummt. Wahrscheinlich hatte Chip nur einen Fuchs verjagt. Inzwischen wurde es langsam dunkel. Maureen würde jetzt sicher bald mit der Fütterung beginnen. Wenn Buck tatsächlich in seinen Stall gelaufen war, würde sie ihn spätestens jetzt sehen und wissen, dass etwas passiert war.

Seine Gedanken schweiften zu ihrem Pferdestall. Der war hell und mit großzügigen Boxen ausgestattet. Sie hatten ihn eigenhändig umgebaut.

Viele Wochen hatte er damit verbracht, die Abtrennungen zwischen den alten Anbinde-Ständen rauszureißen und neue Holzwände einzuziehen. Die waren nur halbhoch, die Pferde konnten darüber hinweg jederzeit miteinander interagieren. Außerdem war jede Box mit einer Tür in der Außenwand versehen, die direkt in einen kleinen Paddock führte. Auf

117

diesen modernen Stall war er sehr stolz. Die meisten Arbeitspferde standen immer noch angebunden oder in winzigen Boxen, oft konnten sie sich nicht mal umdrehen. Momentan hatten sie vier Pferde auf der Farm: Drei Tinker, Kelly, Stan und seinen Buck, außerdem Maureens Connemara-Pony Ryan.

Auch das Wohnhaus hatten sie inzwischen renoviert. Da er handwerklich sehr begabt war, konnte er alle nötigen Reparaturen selbst durchführen. Maureen verbrachte die meiste Zeit draußen, kümmerte sich um die Tiere und Zäune. So war in den letzten Jahren aus der heruntergewirtschafteten Farm wieder ein ansehnlicher Betrieb geworden, der mittlerweile einen guten Namen in der Wollbranche und im Fleischvertrieb hatte.

In wenigen Tagen begann die Lamm-Saison. Sie waren bereits sehr gespannt auf die Qualität der diesjährigen Lämmer, waren sie doch die erste Nachzucht ihres eigenen Schafsbockes, den sie im Sommer erst erworben hatten. Der Bock hatte eine besonders feine Wolle und eine überaus interessante Abstammung, daher erhofften sie sich viel von seinen Nachkommen.

* * *

Bei dem Gedanken daran, dass er die Lämmer vielleicht gar nicht mehr sehen würde, erschauderte er. Nun war es fast komplett dunkel, langsam ergriff ihn Panik. Er fror erbärmlich und testete erneut, ob seine Kleider nun endlich trocken waren. Zu seiner Erleichterung fühlten sie sich nur noch etwas klamm an, lediglich die Jacke war noch ziemlich nass.

118

Da sich das bei den nächtlichen Temperaturen sowieso nicht weiter verbessern würde, begann er damit, sich vorsichtig anzukleiden. Den kalten Stoff spürte er kaum. Angezogen fühlte er sich etwas besser. Doch er musste nun endlich irgendetwas tun, um aus dieser gefährlichen Situation rauszukommen.

Kritisch begutachtete er den Hang, den er Dank des inzwischen aufgegangenen Mondes recht gut erkennen konnte, und versuchte hochzuklettern. Dabei achtete er darauf, immer auf einer Linie mit dem Baum zu bleiben, damit dieser ihn notfalls bremsen würde, sollte er wieder abrutschen.

Das erste Stück war machbar, da hier und da noch ein paar Büsche standen. Doch dann kamen einige Meter sandiger Abhang. Mit aller Kraft versuchte er, einen Halt zu finden, doch der unbefestigte Hang gab immer wieder nach. Schließlich schlitterte er, begleitet von einem Schwall Sand und Steinen, bis zum Baumstamm zurück.

Seine Hände waren aufgeschürft und er hatte sich mehrere Prellungen zugezogen, aber zumindest schien er nicht ernsthaft verletzt zu sein. Verzweifelt ließ er sich gegen den Baumstamm sinken. Würde er hier jemals wieder rauskommen?

Inzwischen war er hundemüde, alle Knochen taten ihm weh, er hatte Durst und fror erbärmlich. Obwohl er wusste, wie gefährlich es war, in dieser Situation einzuschlafen, schloss er erschöpft die Augen. Er dachte an Maureen, an ihre feuerroten Haare, die ihr Gesicht wie Flammen einrahmten, und an ihre unwahrscheinlich grünen Augen, die ihn noch heute Morgen wütend angeblitzt hatten, als sie sich mal wieder wegen ihrer Freundschaft mit seinem Bruder gestritten hatten. Wie dumm war er doch gewesen! Wenn er es schaffte, hier herauszukommen, würde er Steve um Verzeihung bitten. Das schwor er sich.

Und dann bellte Chip erneut. Es war ein freudiges Bellen, aber es wurde schnell leiser. Also entfernte sich Border Collie ziemlich zügig. Jetzt hörte Shawn auch das Schnauben eines Pferdes und dann – er konnte es kaum glauben – Maureens Stimme! Mit letzter Kraft rief er ihren Namen, wenig später sah er ihr besorgtes Gesicht über dem Abhang.

„Shawn!" rief sie entsetzt. „Was ist passiert?"

Tränen der Erleichterung liefen über sein Gesicht. Er war nicht imstande, irgendetwas zu erwidern. Als er sich einigermaßen gefangen hatte, antwortete er mit zittriger Stimme: „Ich bin so froh, dich zu sehen. Ich bin abgerutscht und ins Wasser gefallen. Kannst du mir hochhelfen?"

Im fahlen Mondlicht sah er, dass sie den Abhang mit kritischem Blick betrachtete. „Ich muss ein Seil holen", erwiderte sie schließlich. „Hältst du es so lange aus?" Ihre Stimme klang ängstlich.

Allein ihre Anwesenheit hatte ihm seine Sicherheit zurückgegeben. „Klar, mir geht es gut bis auf ein paar Kratzer. Allerdings friere ich sehr und Durst habe ich auch. Vielleicht kannst du mir eine Jacke mitbringen?"

Sofort wand sie sich aus ihrer Jacke und warf sie nach unten, bevor er etwas dagegen sagen konnte. Dann holte sie ihre Feldflasche aus der Satteltasche und ließ sie vorsichtig zu ihm hinunterrollen. Als sie sich dann offensichtlich auf den Weg machen wollte, rief er ihr zu: „Reite zu Steve, das ist näher! Frag ihn bitte, ob er mir helfen kann."

Erstaunt blickte sie ihn an. „Ist das dein Ernst?" fragte sie ungläubig.

„Ja, ich möchte ihn unbedingt sehen", entgegnete er „Bitte beeilt euch, bequem ist es hier wirklich nicht", schob er hinterher.

Sie warf ihm einen letzten zweifelnden Blick zu, schwang sich in den Sattel und trabte davon. Er wickelte sich fest in ihre Jacke, atmete tief ein, nahm ihren vertrauten Geruch auf. Sofort fühlte er sich viel besser. Nun schraubte er den Deckel der Feldflasche ab und nahm einen großen Schluck Wasser. Am liebsten hätte er alles auf einmal ausgetrunken, doch er wusste, dass es besser war, das kalte Wasser langsam Schluck für Schluck zu trinken.

Wie lange würde es wohl dauern, bis Maureen zurückkam? Ob Steve zu Hause war? Würde sein Bruder ihm helfen, obwohl er ihn seit fast zwei Jahren ignorierte? Die Minuten verstrichen unendlich langsam. Die Müdigkeit ergriff endgültig von ihm Besitz. Erschöpft legte er seinen Kopf an den Baumstamm, um ein wenig vor sich hin zu dösen.

Ein aufgeregtes Bellen und das Getrappel mehrerer Hufe ließen ihn hochschrecken. Er musste eingenickt sein.

„Shawn?" rief Maureen.

„Ich bin hier", antwortete er sofort.

Wenig später sah er sie oben am Abhang stehen. Vor Erleichterung hüpfte sein Herz, als eine weitere Gestalt neben sie trat. Steve befestigte ein Seil an Ryans Sattel und warf das Ende zu Shawn hinunter. Er legte es um seine Brust und knotete es sorgfältig fest. Maureen führte Ryan nun langsam weg, sodass er nach oben gezogen wurde. Trotzdem musste er alles geben, um sich hochzuarbeiten. Es ging langsam und kostete ihn den letzten Rest seiner Kraft.

Steve hatte sich am Rand des Hanges auf den Bauch gelegt und griff nach seinen Händen, sobald er sie erreichen konnte. Durch die tägliche schwere Arbeit auf der Farm war er gut durchtrainiert. Sein Bruder zog ihn mit einem kräftigen Ruck nach oben.

„Danke, Steve!" keuchte er. Im Gras liegend rang er nach Atem. Chip sprang winselnd um ihn herum und versuchte, sein Gesicht abzulecken.

Bevor Steve etwas erwidern konnte, war Maureen bei ihm. Sie schob Chip zur Seite, zog ihn hoch und schloss ihn fest in ihre Arme.

„Mach das nie wieder!" sagte sie. „Ich habe beinahe einen Herzinfarkt bekommen, als Buck ohne dich nach Hause gekommen ist. Was, wenn ich dich nicht gefunden hätte? Daran darf ich gar nicht denken." Sie erschauderte, Tränen rannen ihr über das Gesicht.

Er hielt sie fest umschlungen und sagte leise: „Ich hatte wirklich Angst, dass du nicht rechtzeitig hier sein würdest." Dann wandte er den Kopf und blickte seinem Bruder fest in die Augen. „Es tut mir ehrlich leid, dass ich dich für die Entscheidung unseres Vaters verantwortlich gemacht habe."

Steve wollte etwas sagen, doch er fuhr fort: „Ich weiß, dass es dumm von mir war! Ich habe die Beziehung zu meinem einzigen Bruder riskiert, der bis dahin auch mein bester Freund gewesen ist. Hoffentlich kannst du mir mein Verhalten verzeihen. Vielleicht können wir ja eine neue Basis schaffen und irgendwann wird es wieder so sein wie früher." Erschöpft verstummte er. Seine Beine fühlten sich inzwischen an, als wären sie aus Gummi. Er ließ sich wieder ins Gras sinken.

Steve starrte ihn ein paar Sekunden an, dann beugte er sich über ihn und schloss ihn in die Arme. „Komm, du musst endlich aus der Kälte raus!" krächzte er heiser. Dann half er Shawn in den Sattel seines eigenen Pferdes Jack und schwang sich hinter ihm hoch. Shawn registrierte, dass auch Maureen aufstieg. Gemeinsam ritten sie nach Hause. Shawn war nun hundemüde, aber glücklich. Endlich hatte er es geschafft, auf seinen Bruder zuzugehen. Und Maureen, die trotz aller Schwierigkeiten immer zu ihm hielt, hatte ihm heute das Leben gerettet.

Ein warmes Gefühl durchrieselte ihn bei ihrem Anblick. Beide lebten sie in der Gegenwart und das war auch gut so. In letzter Zeit allerdings war diese Gegenwart immer öfter von der Vergangenheit überschattet worden.

Über die Zukunft sprachen sie fast gar nicht. Doch in diesem Moment wusste Shawn ganz sicher, dass Maureen die Liebe seines Lebens war und er nie wieder einen Tag ohne sie sein wollte.

Die Lektorin

Carolin Olivares Canas

arbeitet seit mittlerweile fast fünf Jahren mit dem *Kelebek-Verlag* zusammen. Sie ist Ethnologin, Sozial- und Bibliothekswissenschaftlerin, lebt mit Mann und Tochter in Mainz. Ob als Wissenschaftlerin, Lehrerin oder Autorin – immer hatte sie mit dem Schreiben und Überarbeiten von Texten zu tun. Als Bibliothekarin gehörte es zu ihren Aufgaben, den Buchmarkt, insbesondere den Kinderbuchmarkt, im Auge zu behalten. Seit 2016 ist sie ausschließlich als freie Lektorin tätig.

www.olivares-canas.com

Die Autoren

Susanne Ulrike Maria Albrecht,
geboren 1967, hat bereits zahlreiche Werke veröffentlicht und wurde mehrfach ausgezeichnet. Beim vierten internationalen Wettbewerb *Märchen heute* belegte sie den ersten Platz.
http://susanne-ulrike-maria-albrecht.over-blog.de

Olga Baumfels,
geboren 1960, hat einen Magisterabschluss in Publizistik und Völkerkunde. Sie war in unterschiedlichen Bereichen beschäftigt – in Universität, Erwachsenenbildung, Büro und Umweltschutz. Als Autorin verfasst sie Kinder-, Jugend- und All-Age-Romane sowie Kurzgeschichten. Besonders mag sie Satire, historische Literatur, Fantasy und Crossover. Seit 2008 veröffentlicht sie in Anthologien und Literaturzeitschriften.

Cindy Einig,
geboren 1982 in Thüringen, lebt heute mit ihrem Mann, zwei Katern und einer Hündin nahe der holländischen Grenze. In Studium und Beruf widmet sie sich der Welt der Zahlen. Als Autorin hat sie sich der Phantastik verschrieben, mit kleinen Ausflügen in andere Genres. Veröffentlicht hat sie bisher in Anthologien. Für die Zukunft sind weitere Kurzgeschichten sowie ein Kinderbuch und ein Jugend-Fantasy-Roman geplant.

Jürgen Flüchter,

geboren 1954, lebt in Recklinghausen. Der Lehrer im Ruhestand ist verheiratet und hat zwei erwachsene Söhne. Seine Hobbys sind, neben dem Schreiben und Lesen, Wandern und Fahrradfahren. Bisher sind zwei Bände seiner Fantasy-Trilogie *Elbanor* im *Kelebek-Verlag* erschienen.
https://elbanor.jimdosite.com

Lillemor Full,

geboren 1989, lebt und arbeitet im schönen Weserbergland. Ihr Debütroman wird noch in diesem Jahr im *Dark Sins Verlag* erscheinen. 2018 wurde das Manuskript *True Blue Love* bereits von der Jury unter die Top 20 des Schreibwettbewerbs *#dtv-fantasynewcomer* von *dtv* und *Sweek* gewählt. Des Weiteren gewann sie letztes Jahr den Wettbewerb von *lit.Love*, *JOY* und *Twentysix*. Ihre Kurzgeschichte *Remember the future* erschien am 06. Dezember 2019 in der *JOY*.
www.instagram.com/lillemor.full

Hilga Höfkens

lebt im Bergischen Land mit ihrem Mann, drei Kindern und vielen Tieren. Anregungen für ihre Geschichten findet sie überall. Ihre Erzählungen handeln von Menschen, Tieren, Maschinen und fantastischen Gegebenheiten. Aktuelle Neuigkeiten über Veröffentlichungen und kleine Geschichten für alle, die nicht mehr warten können, gibt es hier: www.hilgahoefkens.de

Utta Kaiser-Plessow,

geboren 1939, lebt mit ihrem Ehemann in Köln. Bis zur Pensionierung war die promovierte Juristin als Richterin am Finanzgericht tätig. In ihrem Ruhestand befasst sie sich mit literarischem Schreiben. Bisher wurden Kurzgeschichten in diversen Anthologien, ein utopischer Roman, zwei Köln-Krimis und ein Kinderbuch von ihr veröffentlicht.

Monika Kühn,

geboren 1943 in Krefeld, hat mehrere Stationen vorzuweisen: Industriekauffrau in Grefrath, Kabarett *die trampelmuse* in Düsseldorf, Studium der Pädagogik in Neuss. Bis 2008 unterrichtete sie an einer Hauptschule in Krefeld die Fächer Kunst, Deutsch und Geschichte. Sie ist Gründungsmitglied der Schreibwerkstatt *Krefelder Textweber*. Veröffentlicht hat sie bisher bei *dtv, Auer-Verlag, Augustus-Verlag-München* und in Anthologien. Kontakt: www.krefelder-textweber.de

Sabine Maurer,

geboren 1975, lebt mit ihrer Familie in Österreich. Seit ihrer Jugend faszinieren sie die Kampfkünste. Mittlerweile ist sie nicht nur Schülerin, sondern auch Trainerin. Unter dem Namen Sije Sabine ist sie auf diversen Social-Media-Kanälen aktiv. Zum Thema *Soziale Netzwerke* hat sie einen Leitfaden veröffentlicht. Eine zweite Veröffentlichung ist geplant.
Mehr zu ihr unter: www.sijesabine.com

Julia Schön

schreibt zum Vergnügen. Bisher hat sie einen Roman und einige Geschichten verfasst. Seit ihrer frühesten Kindheit faszinieren sie Bücher verschiedenster Art. Auch heute noch vergeht kein Tag, an dem sie nicht gelesen hat.